西藏文学

诺布旺丹 著

 五洲传播出版社

目
录

第 一 章

口传时代的
藏族文学

"口传"是人类最早的文明传播媒介。在口传时代，人类的思维处在一种直观而非理性的状态，在这种状态下的世界里人神同住、天地混沌。意大利哲学家维柯在《新科学》一书中将这一阶段称为人类的"神话时代"或"诗性"时代。口传或诗性时代的主要思维成果便是神话、传说、史诗、圣史、传奇、民间传说、歌谣、寓言、忏悔文、编年史、讽喻诗、小说等。

口传时期也就是历史学家通常所指的史前时代。尽管藏文产生年代说法有不确定性，但通常认为，现今使用的藏文诞生于公元 7 世纪松赞干布时期。史前时代可以包括考古学上的旧石器时代、新石器时代、青铜时代乃至铁器时代。

西藏阿里札达县岩画

如将文字的出现作为文明与前文明时代的分界线，可将口述和文字文献两种途径作为分析把握西藏文明的两端。西藏有文字记载的历史已有 1300 多年。从新石器时代起，西藏人类的历史距今已有一万年。近 8000 年是在无文字历史中度过的，包括之前经历的 31 代国王都生活在口传时代。现今我们所读到的此前的历史均以口耳相传的方式传承并记录而成，包括神话、传说和故事也是口述记录的产物。西藏文学的整个发展轨迹可以分为口传时代的文学和书面文字时代的文学两种样式。

第一节　口传文学产生的自然和人文语境

文学归根结底是人学，西藏自然与人文环境及其形成的诸社会条件即是藏族文学产生的根本原因。上古西藏的人文类型根据地理分布的不同可分为四种，这四种类型与特定的自然地理、气候环境等息息相关。西藏高原地处亚洲大陆的腹心地带：西面是历史悠久的西亚河谷文明，北方是强悍的中亚草原游牧文化，东面是源远流长的黄河、长江文明，南邻植根于热带沃土的印度古老文明。从文化地理上来说，西藏是亚洲古文明的荟萃之所。

新石器时代遗存，有距今 5000 至 4000 年的昌都卡若遗址、距今 3500 至 4000 年的拉萨曲贡遗址。卡若文化当属那一时期高原东部以农为主，畜养、狩猎占有重要地位的区域性经济文化类型；曲贡文化则属于已具相当规模的农业生产和家畜饲养，兼有狩猎的经济文化类

新石器时代中期的装饰品（昌都卡若遗址出土）

新石器时代中期的盛器（昌都卡若遗址出土）

新石器时代晚期的生产工具（拉萨曲贡遗址出土）

布达拉宫

型，并已开始跨入青铜时代的门槛。以细石器为特征的藏西北文化类型，代表着距今 7500 至 5000 年前的西藏西部及北部以狩猎经济为主体的高原新石器时代文化类型。另外还有"林芝文化类型"。

这四种文化类型，大致代表了目前所知的西藏新石器时代不同地域分布、不同时期阶段、不同生态

松赞干布塑像

环境和不同经济基础的原始文化。进入早期金属时代的标志是原始岩画，包括发现于藏北、藏西地区的石丘墓和大石遗迹，以及分布于藏南、藏东和雅鲁藏布江中游等地区的早期石室墓。口传文化的传承更多地体现在它的物质性媒介上，这些物质形态即是口头文化的载体和见证物。早期岩画中出现的一些太阳的形象，姿态怪异，亦人亦兽或饰有羽毛的形象，应该与西部早期原始苯教的神灵崇拜有关。

万物皆有生命、万物皆有灵魂的原始思维构成了原始崇拜和早期苯教的认识论基础。早期苯教以祈神伏魔、为人禳病、荐亡为业。苯教的黄金时代闪耀在象雄王国鼎盛时期。古象雄的疆域曾横穿整个藏北高原，从横断山脉北侧一直延伸到阿里高原。藏传佛教体系中，从内容到形式都或明或暗地存留着苯教的痕迹。

公元前后，以雄厚的农业文明为背景的藏南河谷的雅隆部落，一举统一了青藏高原，建立了盛极一时的吐蕃王朝，史无前例地改变了青藏高原的政治文化格局。藏文化的口传时代一直延续到了公元 7 世纪的松赞干布时代。

第二节　口头传统：口传文学的基石

"口头传统"(Oral Tradition) 有广义和狭义之分，前者指口头交流的一切形式，后者则特指传统社会的沟通模式和口头艺术 (verbal arts)。口头传统是一个民族文明得以延续和发展的基石，它是比书面文化早得多的一种人类文明形态。书写传统或书面文学传统则是因口头传统发展需要而产生的。口传文学依附于口头传统而产生，其生于民间、传于口耳，与书面文学相对，被称为"元文学"。它并非狭义的文学，却又像种子一样可以催生文学。近些年，由于联合国教科文组织大力提倡保护非物质文化遗产，口传文学或口头的诗学打破纯文学一统天下的格局而逐渐走俏，备受关注。书写文学一旦印刷出版，就完全定型而不易有所变化。口传文学的作品即使是一个人的创作，一旦经过不同人的传诵，就会因为个人的身份地位以及传诵的情境而有所改变，这样因时因地的改变正好是发挥文学功效最好的方法，从某种意义上说口头文学最能适合大众的需要。

每个民族都曾出现过口传（口头传统）时代。以公元 7 世纪松赞干布时期为分界点，藏族文化史可大致分为口传时代与文字时代。口传时代所反映的是藏族的远古文明。这一远古文明主要包含三大内容：苯 (bon)、"仲"(sgung) 以及德乌 (lde'u)，也可称之为藏族远古文明的"三大家底"。简言之，苯波即藏族原始宗教信仰；"仲"指传说故事（为格萨尔史诗前身）；德乌则包括谜语、谶语、隐语等。在早期，这三大文化系统主要有两大功能：一是辅助国政，一是传承族群的历史记忆和文化传统。

神话思维中的逻些（今拉萨）建筑布局图

　　口头文类的一大特质即是它的即兴性和流变性，这不仅与神话性思维相关联，也与"诗性智慧"息息相关。生活在远古青藏高原的全体部落成员对自己部族和祖先的历史、生活场景等的记忆完全是集体性的。在那个时候，所有的部落成员几乎都或多或少能够传唱自己部族或族群的历史和重要人物故事、谱系和事件，这个时代也是学者们所提及的"诗性智慧"时代。诗性智慧或诗性思维坚持人类集体创作诗歌的观点。在人类历史上，生活在世界各地的不同族群，由于其社会历史发展进程的不同，神的时代或诗性智慧时代的进入期也有先有后，但一定是在他们思维的原初阶段进入的。同一族群或民族由于地域不同，所处的文化环境不同，其思维水平也会产生不同的特点。就藏族地区而言，在公元 9 至 11 世纪，由于佛教的引进，以及与其他民族间的文化交流，人们的思维较早地放射出理性文明的灵光。在三江源地区的广大牧区，人们仍生活在原始、古朴和自然的环境中，神话思维或诗性思维仍是他们关照万象的思维尺度。

　　诗性智慧又是一种情感性智慧，因为诗性智慧不同于理性智慧，它可以引起个体情感上的积极反应。维柯认为，诗性智慧有几个特点：一是想象的类概念，二是拟人化或以己度物的隐喻，三是模仿，想象力可以把人们带入特定的生命情景中去，也可以造化出"观古今于须臾，抚四海于一瞬"的奇迹。纵观藏族文学史，在藏族远古的歌诗、歌谣，包括仲、德乌和苯波中均体现了这样的特点。

第三节 藏族文学的三大家底：仲、德乌与苯波

一、远古藏族口传文学的缘起

在几乎所有的古藏文文献中均记载：在吐蕃第 27 代赞普（即布德贡杰）之前，吐蕃的国政由仲、德乌和苯波护持。《西藏王臣记》(dpyid kyi rgyal mo'i glu dbyangs) 载："恰墀名为布德贡杰，其父时代出现了象雄和勃律的杜本派，在其子时建了羌瓦达孜宫，并出现了仲、德乌和天神苯波。""仲"(sgrung) 是一种古代藏人用通俗易懂的寓言故事讲述祖先世系、宇宙和世间各种道理的民间传统。德乌既是暗射事物，并在象征与概念、诗性与理性之间互相沟通、联系和理解的一种隐语，也是古代藏人开发智力、启迪智慧的知识体系。苯波是藏族的本土宗教，总括了古代藏族人对人生、社会、自然界及其相互关系和发展规律的认识、阐释和相应的仪式、仪轨活动。三者相互关联，互为前提，不仅成为西藏远古文明的主要载体，而且为后来印度佛教的传入发挥了桥梁和纽带作用，三者共同成为远古藏族文学的滥觞。

远古口传时代的"仲、德乌和苯波"的发展，与当时的宗教和政治两大因素息息相关。首先从宗教背景看，远古时期的藏族置身于亚洲古老文明的包围之中，处在中原和印度两大世界文明的交汇点，不但受到了中原文明和中华各民族文明的影响，同时也受到了以佛教为主的印度文明的影响。在这两大文明的关照下，后来形成了以佛教为代表的精英文化和以史诗《格萨尔》为代表的大众文化。前者是外来的、书面的，后者是本土的、口头的，前者是一种封闭的、相对稳定的体系，后者则是一种开放的、流变性的体系。这两大体系一直是西藏社会文

明进步的支柱。公元 7 世纪的印度文明和中原文明都达到了其鼎盛时期，代表着当时世界文明的最高水平，而西藏却仍然处在一种相对"未开化、无文字"的蒙昧时代。佛教文明却恰恰就在这个时候分别从印度和汉地传入西藏。

在佛教文化进入西藏时，藏族社会尚处在以仲、德乌和苯波为代表的本土文化的统辖之中。苯波是主要文明形态，在印度佛教进入西藏之前它已经受到中亚文明，包括波斯等周边民族文明的洗礼，达到了很高的水平，形成了自成体系的经典、理论、医药和天文历算等。它为佛教的传入架设了沟通的桥梁。当时仲、德乌和苯波构成了藏族三位一体的文明结构，分别代表当时的人文知识体系、自然知识体系和思想信仰体系，构成了口传时代藏族文化的根脉，形成了藏族古代文明的基质。对文学、谜语等智力领域的重视，可能对开发、启迪和推动当时人们思维水平的发展起到了重要的作用。这一点在后来佛教文明的引进过程中得到了充分的证明。在西藏史书中我们经常可以读到这样的记载：

作为"经藏"传播之前兆，产生了诸仲（Mdo sde 'byung ba' I ltos su sgrung dar，指民间故事和史诗）；作为"律藏"出现的前兆，产生了"苯"（'dul ba 'byung baoi ltos su bon dar，巫术）；作为"论藏"传播之前兆，则出现了德乌（Mngon ba 'byung bo' ltos su lde'u dar，谜语系统）。

"经藏""律藏"和"论藏"是佛教的全部教义理论的集大成，总称"三藏"。它们分别阐述了佛教中不同的内容，经是佛陀之教言，包含了佛教教义的基本依据；律是佛教组织为教徒或信众制定的仪式、仪轨；论是对经、律的解释或阐述。其内容带有极强的思辨色彩，内容丰富，体系庞杂。藏族的"仲"主要叙述的是有关宇宙起源、藏族种族起源、王系起源及部落来历等方面的故事，这些故事特有的结构形态、思维方式，为藏民深入理解佛教"经藏"的内涵提供了可能性。"经藏"亦多以故事形式反映深刻的佛理内容，这正与"仲"的思维模式类似。藏族历史上久已有之的"仲",为"经藏"的顺利传播提供了有利条件。"德乌"则为引进和接受"论藏"提供了理论思维形态的保证。佛教的"论藏"所蕴含的正是佛教推崇的天文、历算、医药、辩论等知识。可见,佛教的"论藏"与藏族传统中的"德乌"在形式上有共通之处,这种相通性在很大程度上消弭了"论藏"在藏族社会传播的障碍。苯教的存在虽然在历史上为佛教的传播带来了诸多阻力,但同时也对佛教的传播提供了助力。

以民间说唱故事为主要内容的"仲",以谜歌、谜语为主的德乌,以原始信仰为主要内容的苯波,分别为佛教的经、律、论三藏在西藏的传播起到了桥梁作用。据传,在松赞干布的祖辈时代,装有数部佛经的宝匣从天降至王宫顶上,但当时的国王和藏人不知其内容为何物,便供奉在宫廷中。直到 7 世纪人们才发现这一被封存已久的经卷为包括《经藏》在内的四部佛教经典。在《柱间遗教》等其他古文献中说的更为明确:为了使人领会佛之教言,才示以"仲"。为使人懂得佛之教理,便示以"德乌"。可见,佛教徒深深认识到"他山之石,可以攻玉"的道理,看到了"仲"对弘法所具有的潜在意义。因为《经藏》在佛教中是关于阐述实相或事物本质的觉悟的教理,它包括了佛教对事物的思考和理解,其中将佛教的四谛、八正道等教理用各种深入浅出的故事形式加以展示。

其次分析政治层面,在《西藏王臣记》(dpyid kyi rgyal mo'i glu dbyangs)、《土观宗教源流》(thu'u bkan grub mtha') 等藏文典籍中记载:"在第 27 代赞普拉托多日年赞之前,吐蕃社会用'仲、德乌、苯'三种方式来管理百姓,治理国政。"[1] 在古代藏族社会,王室有一位被称为"辛"(gshin)的大祭司,他们既是赞普的老师,也是宗教仪式的主持人。"辛"为赞普出谋划策,创编有关赞普谱系的传说,以教

---

[1] 阿旺·洛桑嘉措著:《西藏王臣记》(dpyid gyi rgyal mo'I glu dbyngs)(藏文版),民族出版社,1986 年,第 38 页。

聂赤赞普"天神下凡"的故事（唐卡）

化百姓，稳定政权。他们首先将藏族第一位赞普聂赤赞普的祖先上溯到天神，创编了"天神下凡""天神之子作人间之王"的历史神话。目前关于聂赤赞普的历史有 3 种不同版本：（1）公开苯教说（bsgrags pa bon lugs）；（2）极秘非人说（yang gsang mi min lugs）；（3）秘密佛教说（gsang ba chos lugs）。作为吐蕃王系的第一位赞普，他的族谱关系到后来吐蕃各赞普身世的贵贱问题。那些"大祭司"们对他的族谱历史进行了神话化的再造。"公开苯教说"：聂赤赞普本是天神的儿子，后降临人间，来到羌脱神山（lha rig gyang mtho, 今山南境内）。长者派出 12 个颇为聪明的巫师教徒上山，盘问小伙子从哪里来，这个小伙子用手指天。这些人得知小伙子是从天上来的，是"天神之子"，格外高兴。12 人中为首的便伸长脖子，给这位"天神之子"当坐骑，前呼后拥地把他抬下山来。聚居地的人们纷纷前来，见这个从天上来的小伙子聪明英俊，便公推他为部落首领。这就是后来称为"吐蕃"的部落的第一位领袖，人们尊称他为"聂赤赞普"，也就是"用脖子当宝座的英杰"。藏语中，"聂"是"脖"的意思，"赤"是宝座，"赞普"是"英武之主"。自此，历史上把藏王称为赞普。这个聂赤赞普便是吐蕃部落的第一个首领。从他开始到吐蕃王朝建立，一共传了32代。这一传说立足于苯教思想，旨在隐瞒聂赤赞普真实身世，故意把他塑造成为第十三天光明神之后裔，由氏族和苯教徒共同把他拥立为王，认为赞普（王）是天神下界统治吐蕃人的主宰，用天神与祖先合一，以此说明藏王并非凡人，而是有其高贵的身世。到了公元7世纪，佛教从印度传入吐蕃，并在吐蕃王室的支持下迅速与本土原始宗教——苯教形成了对峙关系。在角逐中赢得初步胜利的佛教势力，开始用佛教的价值观和思想重新塑造赞普的谱系历史。这样出现了第三种佛教化版本的聂赤赞普的神话传说——秘密佛教说。

聂赤赞普的传说故事本身并不复杂，复杂的是这一故事经不同历史时期、不同宗教立场的个人或团体的表述与演绎，最终发展成了头绪纷繁、具有多重涵义的故事体系。经历世积累形成了三种不同的传说。这种文化集结行为大大推动了古代西藏口传文学的发展。

除了上述神话以外，《玛桑的故事》也是与西藏古代王室有着密切联系的神话故事。玛桑是一种从古至今在青藏高原上经常出现在普通人生活中的"鬼怪"式生灵，也是"仲"的主人公之一，属独脚鬼类的半神。据传，独脚鬼与人类关系极为密切，人们极易看到它们现身，因而也产生了许多以此为主题的神话故事。

在这些故事中，最为著名的还属玛桑力士与藏族早期王族间的渊源关系，这一故事主要叙述吐蕃第一位赞普聂赤赞普如何从独脚鬼界降世的：

他降生于独脚鬼界，后取名为聂赤。在一个叫普沃的地方，当地一位名叫莫尊 (Mo-btsun) 的女子生下了7个独脚兄弟。最小的就是独脚鬼曼雅乌波拉 (Ma-snya-u-be-ra)。他的巨舌遮覆了整个面庞，他的五指呈蹼状，显露出具有法力的凶残之相。由于这个原因，普沃有影响的苯教徒说："他太强势了，我们必须把他赶出去！"在供奉了祭品、举行了驱除独脚鬼仪式后，他们把他逐到藏地。在那里他遇到了正在寻找赞普的藏人，他们问他"你是谁"，他答道："我来自普沃。"他们问道："你的手指和舌头太吓人了，你有何等法力？"他答道："我有神奇的法力和各种本领，所以我才遭到放逐。"他们大声说道："我们要立你为王！"话毕，他们就把他举放在架在脖颈的宝座上，给他戴上王冠，并宣布"他就是聂赤赞普"。这一故事应该是前文所述聂赤赞普神话故事中"极秘非人说 (yang gsang mi min lugs)"的早期版本。

尽管仲、德乌和苯波源自民间，源自大众智慧，但它们后来在吐蕃社会中被官方所掌控，成为管理社稷的一种有效"工具"，根据官方意识形态进行编创、加工和传播。有专门的人根据需要编创"仲"，其中"聂赤赞普的神话故事"的苯教化和官方化即是一个鲜明的例子，最终形成了民间版本、苯教版本和佛教版本的"聂赤赞普的神话故事"。德乌亦然，当初它仅仅具有启迪人们智慧的"谜语"功能，但后来它成为情报、密信等的有效载体，历史上出现了许多脍炙人口的"德乌"

宗教仪式中所展示的恶人命运图

诗句和相关历史故事。就苯教而言，尽管起初它与神话观念、神话仪式息息相关，但后来出现了被称为"辛"的御用苯教徒，执事处理国王和官方的宗教事宜，诸多的神话文本被改造成为国政所需要的话语内容。因此，仲、德乌和苯波源自大众、源自民间，后来成为官方的治理工具，从而也成为御用文人的专利，受到了宗教和政治两个方面的极大影响和冲击。这种情形一直延续到吐蕃后期。

二、仲、德乌和苯波与远古藏族口传文学

（一）民间的"仲"与苯波的"仲"

"仲"一词在藏语中意为"长篇叙事故事"。在口传时代，"仲"是历史的一种特殊记忆，这种记忆往往具有神话或传说的性质。这种性质的历史，不仅成为了解藏族书面文献出现以前的藏族历史和王室谱系的重要材料，而且成为后期藏族历史可持续的规范性和定型性力量，被理解为指向群体起源的"巩固根基式回忆"。

这些所谓的"仲"文类，出现于松赞干布之前，除了有关世界、氏族和祖先起源的史诗故事中的将士民间传说或神话故事外，还有运用谚语、隐语和俗语等手法教诲做人做事道理的口头文类。"（当时的故事说唱艺人）具有某种宗教特点，他们的职责与苯教徒很相似。然而，故事说唱艺人们也是一些故事表演者，而歌唱家们则歌唱一些隐晦的不解之谜，也可能还歌唱一些系谱故事。二者可能代表了一种所谓的'人间法'（mi chos），与其相对应的则是'神仙宗教'，主要是指佛教。据说，在公元八世纪吐蕃赞普赤松德赞翻译佛教典籍时，根据其大臣郭赤桑雅喇（'gos khri bzangs yab lag）的谏言，将祖先松赞干布之前有关赞普的历史传说（仲）编入'人间法'。"[2] 总之，以"仲"为代表的"人间法"成为藏族文明数千年来生生不息的"文化家底"。

---

[2]　山口瑞凤［日］著：《西藏》（上），全佛文化事业有限公司，1987 年，第 350 页。

远古口传时代的"仲"，除了以上的王族神话故事外，还包括三个方面：一是以诗歌形式阐述的各种创世神话、宇宙起源神话；二是族群谱系的长篇叙事故事；三是寓蕴深意的动物神话故事。"仲"不仅是古代藏族叙事故事的活水源头，也是后世藏族叙事文学发展的滥觞。

1、创世神话

在口传时代，藏族先民用诗性思维观察和认知周围的事物，揭示宇宙沧桑的奥妙和人类命运的起伏多变，以及对大自然的心灵皈依。从不同侧面反映了藏民族认识客观世界、求得生存、创造人类文明的历程。

在诸多藏族神话中，创世神话是一个最亮丽的主题，主要解答、阐释世界起源和天地起源以及族群起源等问题。这种"仲"有不同的表现形式，有的表现为歌谣问答，有的体现在早期历史文献（主要在苯教文献）叙事文本中。其中，歌谣问答至今仍存有远古痕迹：在藏人的婚礼和节庆上，男女老少聚集在一起时，当中有一对歌手，用歌谣形式一问一答进行吟唱，一直到难住对手为止，成为民众寓教于乐、传播传统知识的一种方式。

A、民间口传性创世神话

歌谣传统是人类最早用于传递智慧的方法，这一传统普遍存在于世界各地的族群中。在漫长的远古时代，藏族人民以绚丽多彩的丰富联想，以咏唱方式表达对自然世界的认识和理解。这些神话歌谣所反映出的最初哲学判断成为藏民族原始哲学的基石。在藏族民众中流传的《斯巴形成歌》中有这样的记载：

问："最初斯巴形成时，天地混合在一起，请问谁把天地分？

　　最初斯巴形成时，阴阳混合在一起，请问谁把阴阳分？"

答："最初斯巴形成时，天地混合在一起，

藏族先民关于宇宙形成的创世神话图

分开天地是大鹏，除了大鹏谁能分！
最初天地形成时，阴阳混合在一起，
分开阴阳是太阳，除了太阳谁能分！"

天地宇宙万物在藏语里叫"斯巴"。这首歌谣产生在远古时代，体现了藏族先民对世界起源认识的诗性表达。他们认为，天地宇宙万物不是人造的，也不是神所造，而是由于事物之内在规律演化而生。

这种朴素的唯物主义自然观，恰好符合原始社会时期人们的思想观念。

除了上述"天地混沌一体说"以外，还有一种"物质转化说"。正如《斯巴宰牛歌》所唱：

> 问："斯巴宰杀小牛时，砍下牛头放哪里？我不知道问歌手；
>   斯巴宰杀小牛时，割下牛尾放哪里？我不知道问歌手；
>   斯巴宰杀小牛时，剥下牛皮放哪里？我不知道问歌手。"
> 答："斯巴宰杀小牛时，砍下牛头放高处，所以山峰高耸耸；
>   斯巴宰杀小牛时，割下牛尾栽山阴，所以森林浓郁郁；
>   斯巴宰杀小牛时，剥下牛皮铺平处，所以大地平坦坦。"

"物质转化说"神话歌谣认为，天地宇宙万物都是一种物质转化为另一种物质。这些神话歌谣以动物的诸器官来解释宇宙万物的形成，道出了宇宙万物相互作用、生灭交替、生生不息。这种具有朴素唯物论的思维方式也许就是原始狩猎时期的先民所共有的，产生在苯教出现以前。

在藏区，还有与海洋有关的人量创世神话，并有多种变异版本。

如流传在西藏那曲的一则创世神话："世界原本是一片浩瀚的汪洋大海，后来天空出现了七个太阳，由于猛烈暴晒，岩山崩裂，崩裂的碎石与海洋融为一体。后来经过长期风吹雨打结成了一块硕大无比的巨石，巨石上沉淀出几层土后长出草木花卉，后来也就产生了五谷杂粮。"这是一则典型的创世神话，没有出现人和神的影子。

流传在云南德钦的一则神话："远古时期人间是一片汪洋大海，后来天天狂风肆虐，尘土飞扬至海面，日积月累慢慢沉淀成大地。当时天是石头形成的，没有云彩，经过多少年后天石崩裂，似乎要坠落到大地，生活在地面的人们天天胆战心惊。后来一个能人将海洋之水化为轻雾，让其飘向空中托住了石头，而后雾气变成了云彩。从此后人们可以无忧无虑地生活在大地上。"这则神话中出现了人的影子，似乎受到了后期英雄神话的影响，也与汉族的女娲补天神话较相似。

这类与海洋有关的神话除在藏区流传外，在史书如《柱间遗教》《智者喜宴》和《西藏王统记》等均有记载：在远古时期，青藏高原的山洼都是水，后来山洼的水流入了"贡格曲勒"山洞而显现出了青藏高原的地貌。

B、苯教与创世神话

创世神话不仅以歌谣方式出现在民间口头，也出现在苯教文献中。苯教是藏族远古本土智慧的又一重要载体，它是藏族人在其远

藏族先民关于宇宙
形成的创世神话图
（局部）

太阳神话图　　　　　　　　　　　　　月亮神话图

古时期对人生、自然的思考，从混沌蒙昧状态迈向抽象化、概念化、理论化、仪式化和秩序化。苯教与神话有着密不可分的关系，不论是阐释世界和人生起源的神话故事，还是启迪智慧的"德乌"，都因为与苯教的关系而得到很大发展。苯教与神话的关系主要体现在苯教的教义精神建立在由神话所构成的信仰观念上。苯教的教义多表现为神话材料的引述。苯教的神话是随着对周围民族宗教成分的吸收逐步积累产生的，因此，苯教神话中既有藏族传统的神话元素，也有中亚地区宗教神话的引入。苯教将外来宗教里的各种神话，诸如宇宙起源神话、人类起源神话等条理化后作为自己的宗教教义，从而形成经文神话的多元构成。[3]

　　苯教的神话与其萨满教式的宇宙结构观念是密切相关的。在苯教中，宇宙分为天界 (nam mkhav)、中空界 (bar snang) 和地下界 (sa/sa vog)，称为"三界宇宙结构"。天为神界 (lha)，中空为赞界 (btsan)，地下为龙界 (klu)。宇宙层次的分割与原始人观念中的灵魂居留移动特征有关。灵魂在人类意识领域中出现善恶之分，善魂上升，成为天神，

---

[3]　谢继胜："藏族苯教神话探源"，刊载于《苯教研究论文选集》第一辑，中国藏学出版社，2011 年，第 626 页。

同时又成为祖先神。

尽管"仲"产生于民间，但在苯波中藏族的这种原生神话被纳入其宇宙三界观的信仰体系中。在苯波中有一种"芒"的仪式，就与神话故事及其相关仪式有关。这种仪式很多时候是专门为某些神灵举行的。在这类仪式上，祭司用故事宣讲的方式与神灵公开沟通。其具体功能是用故事来宣讲与某人谱系相关的神话，这种宣讲以独特的起源神话为据。

有些神话是藏族本土神话苯教化，有些则吸收邻近民族的宗教神话，并进行苯教化的改造。因此，神话的宗教化变异是藏族宗教的一大特点。神话的宗教化是指神话演变成带有宗教仪礼形式的神话；神话中包含的文学想象或情节成分降低，文学性减少，神话的口传范围缩小，并纳入宗教典籍或宗教仪轨之中。

2、族群起源神话

族群起源神话产生于创世神话之后。在创世神话中，自然是人的绝对主宰，人类屈从于自然界的威力，思维意识也主要定格在自然之

宗教舞蹈——羌姆

物，还没有反射到人类自身上，故而在创世神话中较难找到人或神的印记。人类在与大自然进行的长期而漫长的斗争中，逐渐认识到人的本质力量有时也能超越或征服自然威力，从而逐渐将思维意识对象从大自然转向与人相关的

雍仲苯教的"卐（万）"字纹符号

问题，从而也就产生了解释人类起源方面的神话。在苯教古文献《黑头凡人的起源》中，也有关于藏人族群来源的描写。

关于藏人起源的神话故事家喻户晓：

在远古时期藏区没有人类，阿里三围是鹿和野驴等动物的天堂，卫藏四茹活跃着虎、豹等猛兽，多康六岗栖息着鸟类等珍禽。观世音菩萨派一位猕猴菩萨弟子至藏区禅道修法。其后，来了一位罗刹岩女要求与其结为夫妻，猕猴菩萨无奈，只好到布达拉圣山求教观世音菩萨。观世音菩萨点化其与罗刹岩女结合，遂生下了与六道众生禀性相同的 6 个猴子，猕猴菩萨便将这 6 个猴子安置在一个野果丰茂的树林。过了 3 年，已繁衍出 500 个猴子。因为猴子多，野果消耗殆尽，众猴子饥肠辘辘。观世音菩萨从须弥山中取出六谷种子撒向大地，长出了不种而生的野谷类，众猴子依靠这些野谷维持生计，繁衍后代，慢慢地身上的毛变短了，尾巴也渐渐消失，最后变成了人。

这则神话在藏区各地版本大同小异，在藏族历史书籍《嘛呢教言录》《智者喜言》《西藏王统记》《西藏王臣史》和《法源花蕊甘露精要》等中也有较多详略不同的记载。西藏山南泽当地区的许多地名与这一神话密切相关。在这则神话中，我们看到了藏族人从猿转变成人的过程。

另外，还有一则始祖神话这样描述："在久远年代的火劫时期，

大地干枯而没有一滴水。大地上除了一棵果树和两兄妹之外，其他生物都被烈火所焚烧。兄长由于饥饿难耐躺在大地上仰望苍穹，突然他看到没有烧焦的果树上还有一枚果子，他便用弓箭射下果子，与妹妹一人一半分吃了。住在天界的莲花生大师看到人间的这种凄惨景象，于心不忍，便洒下了几滴神之甘露，这些甘露就变成了大海，并从大海深处突显出一块巨大的岩石。岩石上长出了茵茵青草，并且越来越茂密，岩石也随之变大而成了陆地和山脊。后来陆地上有了谷类和牲畜，而陆地底下是海洋。在海洋中有一个黑猪，黑猪走动时大地也随

"猕猴变人"繁衍图

之摇晃，这就是地震和塌陷。"这则神话承认了血缘婚姻，记载了原始时期发生火灾、地震等自然灾害，也有藏族海洋类神话的影响，是一则较典型的次生神话。这样看来，这则神话是由兄妹结婚繁衍人类神话和洪水神话共同组成的变异次生神话，与汉族的伏羲兄妹制人烟的神话极为相像。

陶塑猴面像（拉萨曲贡遗址出土）

3、动物神话故事

在早期的"仲"中，关于飞禽动物的神话故事占有重要位置。在很多历史文献中提到《麻雀的故事》(mChil-pi'i-sGrung)。这些神话往往以简约的方式，通过动物寓言和训谕，表达人生、社会、宗教的相关道理。在漫长的社会实践中，藏族先民为了自身的生存和繁衍，在与自然界进行斗争的过程中创造出了生产劳动方面的丰富神话。这些神话基本上遵循了先牧后农、先为狩猎点后为村落的人类发展史的基本规律。在狩猎时期，人们发现有些较温顺的动物可以饲养，以备后用。这些动物在与人类的频繁接触中变成了家畜，形成了最原始的畜牧业。以家畜为主的原始神话故事也相伴而生。

敦煌古藏文文献中，收录了一则吐蕃时期的《马和野马》的神话：在非常久远的年代，九重天界有两匹马生了一个小马驹。由于天上的水草不够享受它们便来到人间。小马驹在一个名为吉戎定瓦的地方，与那里的马王结合生下了3个马驹。又因为没有足够的水草，马驹三兄弟分别到3个地方。它们所去的地方都有丰美的水草。马驹老大伊吉当嵌在强噶南遇到了名为钟亚噶瓦的野牦牛。野牦牛钟亚噶瓦要求他离开此地。老大伊吉当嵌建议不为草场争夺，马吃草时，牛喝水；牛吃草时，马喝水。野牦牛钟亚噶瓦没有采纳此建议，还用其尖锐无

四和谐图

比的犄角挑死了伊吉当嵌。三弟科戎邛达说："仇恨撕裂了我的心，我要去撕野牦牛钟亚噶瓦的心，为老大伊吉当嵌复仇。"二弟江戎俄扎认为自己不是野牛的对手，无法报仇。两兄弟意见不和，便分道扬镳了。后来，三弟在人的帮助下杀死了钟亚噶瓦，为老大复了仇。三弟为了感谢人类的恩情，成为人类的朋友，变成了家畜。二弟四处游荡成了野马。"这则神话反映了藏族先民从原始蒙昧时代末期的狩猎采集生活，过渡到野蛮时代初期驯养家畜的牧业社会，实现第一次社会大分工的过程。

关于种植方面的神话，有《青稞种子的来历》《种子的起源》《青稞歌》和《斯巴形成歌之种植篇》等。其中较为典型的是流传在四川省阿坝和马尔康一带的《青稞种子的来历》：远古时期有一王国，地广人多，可是这里的人们从来没吃过青稞，只吃牛羊肉，只喝牛羊奶。善良勇敢的王子阿初为了让百姓吃上香喷喷的青稞，在山神的护佑下冒着生命危险到人世间唯一一种庄稼的蛇王处偷青稞种子。蛇王发现后，用魔法让其变成了一只狗，并准备吃掉他。多亏有山神送给他的风珠护佑，他才带着青稞种子成功地逃了出来。后来，王子阿初还了人形，与美丽可爱的土司姑娘额曼结为夫妻，过上了幸福生活。藏族人民为了报答阿初王子给他们带来青稞种子的恩情，每年收割完青稞吃新糌粑时，人还未吃之前要先捏一把糌粑给狗吃。这个习俗一直流传至今。此类神话属典型的父权神话或英雄神话，神话中出现的"王子""土司"等乃是人类社会进入阶级社会后，在传承这则神话时通过增加情节而形成的，因此可以说这是一则次生神话。

关于建筑等方面的造屋神话，《七兄弟星》较为典型：在古代，雪域高原由格萨尔王掌管，他骁勇善战，打败了四方劲敌，消灭了山涧猛兽，铲除了河妖湖魔，使人们过上了幸福安康的生活。那些被打败了的妖魔鬼怪却纠集在一起，变成猛烈的风沙肆虐草原、席卷庄稼和牛羊。有七个兄弟为大家修筑了很多坚固的三层楼房，人住在中层，牲畜关进楼下，最上层晒粮食、供佛神，从此人们过上了安宁日子。天神们听说七兄弟故事后，便把他们请到天上去，替天神盖楼房。这七兄弟就是七颗明亮的北斗星。这七颗星经常变动位置，那是他们在一处盖完房子后，又被请到另一个地方的缘故。这则神话反映了藏族先民在游牧种植时代，从居无定所、住天然洞穴到修建房屋，逐渐趋于定居生活方式。这一时期的神话基本上不再是以血缘家族为纽带，而是以地缘氏族为纽带，所反映的道德观念自然充满了政治色彩，或将人类的社会结构带进了神的社会结构，神的社会属性逐渐代替了神的自然属性。

（二）"德乌"

对人们的生活实践产生直接影响的，除了"仲"，还有德乌和苯波。"德乌"是藏人运用符号、谜语和神秘语言传递知识、交流信息

动物灵骨

的一种符号表达。藏族文学作品对此有很多纪实性描述。"德乌"往往被人们解释为"谜语"。这类谜语在藏区随处可以听到，种类繁多。谜语要用含义晦涩的隐语来描述被猜之物，显然谜语是培养心智才能的一种方法，无论其社会阶层、年龄或文化水平有何差异，任何人都能以这种方式培养自己的认知力，增强记忆力和智力。谜语的这一特质是不容置疑的，但"谜语"却不能涵盖"德乌"的全部含义。在古代，赞普和大臣们以"德乌"治理吐蕃，绝对不能理解为这些人仅靠猜谜培养才智和能力来治政，或认为他们在大议事厅聚议时用猜谜的方式互相提问来商议各种政务。"德乌"一词还有更宽泛、更深刻的含义，从出现在众多吐蕃赞普名字中的这个词及其变体"德"（lDe）即可确认这一点。德乌还广泛用于密义的传授、情报的传送等。自古以来，佛教和苯教《大圆满》经文在藏区广为人知，并被视为一切宗派义理的精髓。在经文中，"德乌"以简短、令人费解的寓言形式，通过象征符号阐释了真如实相。毋庸置疑，这反映了"德乌"含义深刻并被提升了的一面。

"德乌"的另一个独特功能是通过象征性物品或实际密码传递情

天地人共舞图

报信息。下面这个例子引自敦煌写卷，记述了赞普松赞干布姐姐赛玛嘎尔 (Sad-mar-kar) 被送给象雄王李迷夏为妃后，她派人给松赞干布送去的回复：

当大臣芒琼 (Mang-chung) 拜见后妃时，她说："我没有什么书面答复给赞普——我的兄弟。我很高兴他告诉我他身体康健。把我的这份礼物直接交到他的手中吧！"她交给大臣一个包裹。大臣芒琼返回面见赞普时，他说："后妃没有书面答复，她吟唱了这些诗句，并交给我这个包好的包裹。"赞普打开小包裹，看到里面有 30 块上乘的绿松石。在长时间思索后，赞普说："它的意思似乎是，如果你有勇气迎击李迷夏，就像男人那样把绿松石绕在脖间；如果你表现得像个女人，那就像女子那样把它们作为饰物插在发际间吧！"随后，赞普和大臣们再次商议，最终，他们推翻了李迷夏政权。

"德乌"是以象征性、具有符号含义的解释技巧为依据，无须使用语言就能传递秘密信息的密码语言。还有口头语言或解谜形式，被用来交换秘密信息的。[4]吐蕃时期对"德乌"的推崇极大地促进了这种文学样式的发展。

第四节　藏族口传文学的哲理化表达：谚语

谚语是一种对各种行为规范和社会规律的哲理性语言表达，具有言简意赅的特点。谚语是在长期的生产和社会实践中形成的。尽管它产生于口传时代，但它是人类进入更高文明阶段的一种表征。藏民族

---

[4]　曲杰·南喀诺布［意］著：《苯教与西藏神话的起源》，向红笳、才让太译，中国藏学出版社，2014 年，第 46-49 页。

是富有语言智慧的民族。民间长者、耆老虽然没受过正规教育，但一旦讲起话来妙语连珠，他们具有高超的演讲和辩论水平，令人倾倒。一些爱好语言艺术的年轻人则纷纷效仿，学习老一辈的讲话风格，传承了民间语言艺术。在藏语言艺术中，谚语是不可或缺的重要组成部分。藏族民间谚语普及率高、使用率高、传承率高，语言精美，节奏鲜明，句式完美，音韵和谐，哲理性很强，富有吸引力、感染力、生命力。藏族谚语中说："没有放盐的茶难喝，没有谚语的话难听。""美酒在于品味，美言要有谚语。"《格萨尔》就是一个藏族谚语宝库，其中谚语数量之多，内容之广，超过任何民间文学作品。这些谚语大多来源于民间，但又不失史诗本身的特色。《格萨尔》将其化作自己的血肉，熔铸成史诗的精髓，对表现主题思想，塑造人物形象，增强史诗的知识性、趣味性和民族特色都起到了重要作用。

英国人托玛斯 (F. W. Thomas) 出版的《西藏东北部古代民间文学》(Ancient Folk-Literature from North-Eastern Tibet, 1957) 一书，利用曾藏在中国敦煌千佛洞中的古藏文文献，对古代藏族民间文学进行了分析。这是迄今所能见到的较早的藏族民间文学资料。书中第五部分"松巴谚语"即是目前所掌握的最早记录成文的藏族谚语。这里的"松巴"是指古代吐蕃五大地区之一，《唐书》上叫"苏毗"，也叫"孙波"，大致在今西藏北部和青海南部一带，这一地区是青藏高原的牧业腹地。

在"松巴谚语"中，有不少是与家族兴衰有关的，比如：

"生了贤良的子孙，可眼见家业兴旺；娶了贤淑的妻子，可说是福泽到手。

生了不孝的子孙，家业衰败，流落边疆。

物品以新为最好，财富以子嗣为最重要。"

在以游牧为生的古代社会里，生产力不发达，人们完全依靠比较原始的手工劳动过活。一个家庭（家族或部落）的兴旺发达，全靠辛勤劳动和不断积累的生产经验，诸如幼畜的接生、母畜的挤奶、畜产品的制作，等等。操持和管理家务的主要是妇女，继承家业要靠子孙，所以，一个家庭或家族能否兴旺发达，妻子儿孙的好坏至关紧要。这些谚语特别强调妻子及子嗣的贤劣，这正是当时牧业社会面貌的反映。

像这一类的谚语还有：

"母贤子也贤，犹如黄金镶碧玉；母劣子也劣，犹如破屋堆粪土。

儿子比父亲贤明，犹如火在草坪上蔓延；儿子比父亲恶劣，犹如血被水冲走。"

家业兴旺，不但需要人、需要一代胜过一代，而且需要一家人团结一致、互相尊重、和睦相处。例如：

"父母双亲，是找不来的。"

"不和睦的弟兄，是一切人的敌人。"

"丈夫被妻子抛弃，犹如被马抛在战场；父亲被儿子抛弃，犹如下雨无羊毛披毡。"

"松巴谚语"中，有的是社会生活经验的总结，或者是一些为人处世的道理：

"调伏别人，要用言语和影响；鞣制皮子，要靠搓鞣和拉扯。

好言相对，是家族的根基；恶语相伤，是魔鬼的大门。"

有的教导人们分清是非善恶、辨别人的好坏：

"英雄的胆量，不为死亡所惧；

贤者的敏锐，不为学识所窘。"

"迟钝的蠢人，难测敏锐的智者，

冬天的白雪，盖不满大山。"

有些谚语说明美德需要人们主观上去努力培养：

"善思考的君王，也要以别人为榜样；

善走的良马，也要用鞭子催打。"

有的谚语还揭露了阶级社会中的丑恶现象：
"富人为贪婪的权贵所毁；
贤人为嫉妒的坏人所毁。"

有的还通过一些大自然现象来说明富有寓意的哲理：
"一棵树立的松树，能发展成无边的森林；
小小的清泉，是那大海的精华。"
"牧场上的牧草虽好，
践踏了夏天也会枯瘦。"

"松巴谚语"表现了早期藏人的语言智慧。内容上、表现方式上、主题上、语言艺术上，均为后世藏族语言艺术的楷模。

一个民族在其形成和发展过程中，积淀了深厚的人文传统。这些传统在口头传统时代，往往会渗透在它们的神话、传说、民间故事、谚语、格言和训诫等文类中，成为一个民族早期族群文化认同的载体。

人类学学者认为，使一个民族产生文化认同的知识包括两个方面：

一是涉及价值观和行为规范（包括使集体日常生活有序进行的规则以及社会交往中那些不言自明的规则）的知识，被称为"规定性文本"。规定性文本要回答的问题是"我们应该做什么"，它们教导人们如何判断是非、如何正确做人做事，是民族思想和集体行为的指南，影响和建构民族的生活方式和行为方式。这些规范和价值往往体现在歌谣、格言、谚语等之中。

二是涉及族群成员通过对自身身份的认知来实现自我社会归属的认同并校验认同的有关知识，包含部落的神话、传说和英雄的族谱等。它们是试图理解世界的一套法则，是对生与死、命运与自然、神灵与崇拜的解说，要回答的问题是"我们是谁，从哪里来"。这类知识被称

牧民生活图

为"定型性文本"，影响和建构了人们对生活的阐释。

上述两个方面，前者作用于人们日常性社交生活，后者则显现在典礼性社会交往中。二者分别展现文化的共时性和历时性两个方面。在口头传统时代，这两种知识分别体现在藏民族早期的族源神话传说、歌谣和谚语格言等口头文本中。前者表现为藏族文学的共时性特点，它包括了藏族人的人伦道德、处事方式和社会规范等，而后者反映藏族族群的起源和社会沧桑变迁等历时性面貌。二者共同构成了藏族早期的人文结构和文化认知结构，具有互补性。从这个意义上说，谚语之于一个民族及其社会认同和文化传承具有无可替代的价值。

第二章

藏族口头传统的集大成：《格萨尔》史诗

第一节　概述

　　《格萨尔》是藏族数千年口头传统的集大成，也是藏族牧业文明的代表作，是关于藏族古代英雄格萨尔神圣业绩的宏大叙事，以韵散兼行的方式讲述了格萨尔王为救护生灵而投身下界，率领岭国人民降伏妖魔、抑强扶弱、完成人间使命后返回天国的动人故事。《格萨尔》全面反映了藏族及相关族群的历史、社会、宗教、风俗、道德和文化，至今仍是藏族民众历史记忆和文化认同的重要依据，也是中国族群文化多样性和人类文化创造力的生动见证。《格萨尔》又是人类口头艺术的杰出代表，凭借一代代艺人的口头艺术才华，史诗在中国西部高原的广大牧区和农村传承千年，是藏族宗教信仰、本土知识、民间智慧、

格萨尔大王、王妃及其三十员大将铜像（局部）

格萨尔骑马征战
（唐卡）

族群记忆、母语表达和文化认同的重要载体，也是藏族传统文化原创活力的灵感源泉。

《格萨尔》2006 年被列入中国国家级非物质文化遗产代表作名录，2009 年被联合国教科文组织批准列入人类非物质文化遗产代表作名录。

《格萨尔》流布区域主要分布于东经 30°—73°，北纬 27°—40°之间的中国西部青藏高原、北部蒙古高原、天山脚下，区域总面积大约 250 万平方公里，包括位于阿里高原、雅鲁藏布江流域、藏北草原、横断山脉地区、念青唐古拉山山脉地区、长江上游流域和黄河源头流域、喜马拉雅山北麓地区以及内蒙古自治区、新疆维吾尔自治区、青海省、甘肃省、四川省、云南省等 7 省区的藏族、蒙古族、土族等族群。此外，在中国境外的尼泊尔、不丹、印度、巴基斯坦、蒙古和俄罗斯等国也有流传。

《格萨尔》叙述了英雄格萨尔一生的神圣功业，以其独特的串珠结构，融汇了众多神话、传说、故事、歌谣、谚语等，形成了气势恢宏、篇幅浩繁的"超级故事"。在长期的口耳相传中，还出现了抄本和刻本。目前所见最早的抄本为 14 世纪的《格萨尔姜岭大战》，最早的刻本是 1716 年北京出版的《十方圣主格斯尔可汗传》。迄今有记录且内容互不重叠的史诗诗章有约 120 部，仅韵文部分就长达 100 多万诗行。目前这一口头史诗仍保持着不断扩展的趋势。

格萨尔大王雕塑

作为史诗最直接的创造者、传承者和传播者，藏族史诗艺人因传承方式的不同分为多种类型，演唱形式具有多样性，通常采用传统的"伯玛"说唱体，散、韵兼行；除了使用80余种演唱曲牌对应于不同的语境外，艺人们还运用语调、声腔、表情、手势、身姿等表演性技艺，从多方面体现出口头叙事的艺术魅力。

史诗和当地社区的传统民俗活动和生活仪式密不可分。人们在诞生礼、成人礼、婚礼、葬礼等人生仪礼上，通常都会邀请艺人表演特定的史诗段落，如在诞生礼上演唱格萨尔王从天国降生的段落，丧礼上则演唱格萨尔王功德圆满、回归天界的段落；在传统节日庆典上，通常也会有史诗艺人演唱助兴，如在藏族赛马节上演唱格萨尔王赛马夺冠称王的段落。史诗除了全面反映苯教的万物有灵宇宙观及其宗教仪轨，如祭神、驱鬼、占卜等外，其表演本身就伴随着诸如烟祭、默想、入神等独特的仪式实践。史诗演唱不仅是牧民们与英雄、神灵、祖先和族群沟通的主要手段，也是乡土社区的主要娱乐方式。

史诗说唱是相关族群传承其自然知识、宇宙观和历史记忆的重要途径，也是当地社区民众了解历史、汲取传统、接受教育的重要手段。史诗广泛涉及藏族、蒙古族等民族的天文、地理、谱牒、动植物、医学、工艺等方面的知识，演述中穿插着众多的"赞歌"，如"山赞""河赞""茶赞""马赞""刀剑赞""盔甲赞"等，回溯着藏族民众关于自然万物的经验知识和先民的文化创造。此外，在史诗流传的雪域高原上至今分布着数以百计的格萨尔人文风物遗址，回应着本土观念中关于人与自然和生态环境的认知和互动。

正如藏族谚语所说："每一个藏族人的口中都有一部《格萨尔》。"史诗说唱传统在一定意义上是地方性知识的汇总——宗教信仰、本土知识、民间智慧、族群记忆、母语表达等，也是唐卡、藏戏、弹唱等传统民间艺术创作的灵感源泉，同时也是现代艺术形式的源头活水，不断强化着人们尤其是年轻一代的文化认同与历史延续感，因而格萨尔史诗堪称传统民族文化的"百科全书"。

第二节 起源：社会与文化语境

一部活态史诗由艺人、文本和语境三个要素组成，并且三者时常处在关联和互动中。三者中，文本是相对稳定的一个体系，它一经形成，在一定的时期内便会超越历史和意识形态而存在。语境是艺人及其话语文本赖以产生和发展的特定社会的关联域，它是其中易变、活跃的一个层面。艺人是横亘在文本和语境之间的另一层面，它既是语境的接受者，也是文本的创编者。语境的变迁首先会反映在艺人身上，而后即会体现在文本上。活态史诗的兴盛衰败，与三者内在的结构性互动有着极大的关联。格萨尔作为一种活态史诗，"活"字指涉艺人的现场演述和史诗文本创作的动态现象，而且也指史诗赖以生存的社会文化语境的鲜活性。这种语境为艺人代际传承提供了一种鲜活的空间，也为艺人的创作和演述提供了灵感、生命价值和道德空间。

公元 9 世纪，吐蕃王朝灭亡，整个藏族地区处在分裂割据状态，地方势力各自为阵，纷纷建立了地方政权，并从印度输入了不同流派、不同门类的佛教思想和文化成果。各种思潮风起云涌，大有"百家争鸣"的态势。这场文化复古运动先从安多藏区（现今的青海西宁附近）向西藏腹地传播，然后又从卫藏等藏区腹地向外扩张，形成了整个藏族地区内外联动、边缘与腹地合流的佛教文化复兴运动。由于当时没有统一的意识形态引领，藏区的思想文化氛围极为宽松。在这种语境下，宁玛、噶举、萨迦、格鲁和觉囊等宗派如雨后春笋应运而生。面对强势和主流化意识形态以书面文化至上的佛教传统，民间文化被排挤在边缘。民间文化的边缘化为史诗带来了精神的原创性。

有学者提出了文化的"边缘活力"概念，认为边缘化可能使该种精神文化无法进宫加爵，但它可能在成规相对稀薄、禁忌相对较少之处，获得精神的原创性或精神创造的自由度。边缘化使《格萨尔》在民间生了根，并保持着多种鲜活文化因素的哺育，推动着艺人心魂系之的天才创造。

在历史上，长江、黄河和澜沧江地区一直处于藏文化的边缘地带，但是这里却是民间文化最纯正的沃土。当佛教的潮流几乎席卷了整个藏区，佛教化的理性思想被定于一尊之时，这一边缘地带的佛教势力依然相对薄弱，人们的神话思维亦未被理性和经验知识所肢解，成为史诗赖以产生的思维基础。这里的民众在一种超验的想象和神话性思维形态中延续着人类古老的诗性智慧。这种隐喻性、想象化的诗性思维使这里的人们摆脱了有限的桎梏，享受着无限与自由。凭借这种精神和思想上的自由度，民间文化的边缘化为史诗带来了精神的原创活力。因此，三江源这一以牧业文明为主的地区成为《格萨尔》史诗创作的活水源头。

今天的《格萨尔》文化形成了两种不同的流传区域。一个是以三江源地区为主的"核心流传区域"，另　个是随着文化和商业的往来

藏经阁中的佛教文本

流传到非牧业地区，包括藏区的农业地区和城镇地区，并且一直流传到蒙、纳西、土、裕固等民族，以及中国周围邻近国家和地区，如不丹、锡金、尼泊尔、巴基斯坦、蒙古、俄罗斯的卡尔梅克和布里亚特共和国等，这些国家和地区可以称为"格萨尔文化辐射区域"。核心区域和辐射区域互为映衬、互相联系，形成一个跨地域、跨民族、跨国界的巨大的格萨尔史诗带或格萨尔文化圈。边缘化意识形态是一种最具活力、最富爆发力和创造性、同时具有挑战性和反叛性的意识形态。边缘化使《格萨尔》由原来有限的几部，不断蔓延，拓章为部，部外生部，仅降妖伏魔部分就衍生出十八大宗、十八中宗、十八小宗，尽情地吸收整个民族的丰富智慧，终在篇幅上长达百部以上。如果过早地把它完全文字化和经典化，就不能做到这一点。

在公元 11 至 12 世纪，佛教从西藏腹地开始向边缘地区蔓延。地处边缘并仍然生活在部落时代的黄河源头各部落，在强大的"泛佛教化"的潮流面前，也先后成为佛教的信徒。自 15 世纪以后，在这些

藏戏《格萨尔》

青海省果洛州达日县格萨尔王狮龙宫殿内的格萨尔王三十员大将雕塑（部分）

地区陆续出现了寺院和僧人，以及供奉他们的教民和信徒，与本土文化截然不同的佛教文化从无到有，由少到众。在这样的语境下，人们的注意力和兴趣也从原来崇尚英雄、祈求格萨尔、吟诵格萨尔业绩逐渐变为向佛教三宝顶礼膜拜。大众说唱传统退至幕后，史诗的全民性接力活动由此受到挫伤。史诗原有传统遭受的挫败，使整个族群更加主动迎合佛教化，最终成为史诗佛教化的助推力量。

边缘化本是格萨尔史诗产生的外因和动力，正因为在边远地区尚未建立起佛教的规约，思想自由、学术环境宽松，才使数千年的民间智慧以格萨尔这样一个人物的历史事迹为线索形成了集大成局面。然而，格萨尔史诗后来在正统文化中被边缘化，对于史诗来说是一种消极的因素，它使史诗始终与作为主流话语出现的佛教文化相隔离。佛教的至上权威使佛教自身成为其他一切文化形态比附的对象和目标，迫使它们归宗佛教，屈服于佛教主流化意识形态。面对佛教的强势话语，史诗格萨尔则不得不采取折中和格义的措施，成为佛教的附庸。佛教化史诗亦由此产生，从当初被动接受，到后来主动攀附，逐渐形成了更广泛意义上的史诗佛教化局面。

第三节　故事歌手

《格萨尔》史诗歌手，也叫《格萨尔》说唱艺人，在藏语中称"仲巴"或"仲肯"，意为说唱故事的人。《格萨尔》说唱艺人大致上分为以下几种类型：掘藏、智态化、圆光、神授、顿悟、闻知和吟诵等。除了"闻知类"和"吟诵类"艺人与世界其他史诗的传承形态有共同之处外，其他几种为藏族史诗所独有。他们分别植根于不同的藏族思想文化土壤中，却都伸向了叙事文学的创作领域。"神授"在藏语中称为"巴仲"（bab sgrung），意为"神灵启示的故事"，似乎与民间宗教中的"神灵启示"有关。"圆光"，藏语称"扎仲"（pra sgrung），类似宗教占卜者在预测未知事物时所应用的预言术。而"掘藏"在藏语中称为"代仲"（gTer-sgrung），与藏传佛教（主要流行于宁玛派）中的掘藏传统或伏藏传统有根脉关系。"顿悟"，在藏语中称为"朵巴酿夏"（rtogs pa nyams shar），即"觉悟体验的豁然性或同时性"。

根据粗略统计，目前在藏区还有 160 多位不同类型的艺人，主要生活在三江源地区，包

那曲牧区的仲肯在演唱《格萨尔》。

括西藏那曲、昌都，四川省德格、
石渠、色达，青海省果洛藏族自治
州、玉树藏族自治州以及海南藏族
自治州，甘肃省玛曲县等地。艺人
的产生和演变是一个历史现象。在
《格萨尔》史诗诞生的早期，即在
公元 11 世纪左右，《格萨尔》的吟
诵和传唱是全体部落成员共同的行
为，用集体记忆来延续这部史诗的

那曲格萨尔说唱艺人次仁占堆

生命。对英雄格萨尔的业绩的崇敬和颂扬是部落成员们共同进行的一
项主体性活动。在这样的语境下，史诗的传承表现出集体记忆的特点。
在集体记忆时代，《格萨尔》的创造语境又表现为非理性或神话思维，
艺人为部落全体成员，集体记忆作为其传承空间和载体而存在。在《格
萨尔》史诗诞生的早期，不曾出现专司演述史诗的艺人。有谚语曰：

格萨尔说唱艺人昂仁

43

第十世班禅大师接见
艺人扎巴老人。

"岭国部落每一个成员嘴里都有一部格萨尔。"他们正如一群朝圣者，认为自己是格萨尔的子民，演述和吟诵格萨尔故事是他们与生俱来的义务和责任。因此，他们将史诗的演述和传诵视作生活的一部分，是通向意义世界的重要途径。将自己的命运不自觉地和《格萨尔》史诗联系在一起。他们对史诗的吟诵和崇尚英雄是坚定不移的，从而也不自觉地建构起《格萨尔》吟诵者这样一个集体的身份。

公元 14 至 15 世纪，在藏族地区由于"泛佛教化"思潮，尤其是思辨和理性思维的兴起，诗性思维和神话思维开始退却，史诗的演述传统在部落内部逐渐失去了普遍性，佛教僧侣或准信徒开始以艺人身份参与到史诗创作活动中。他们各自带着不同的宗派思想，在特定的意识形态维度中演述着这部史诗，使之自觉或不自觉地带上了各自教派的观点。艺人们偏离了民间智慧的创作规律，在佛教意识形态的维度中履行史诗的演述和传承义务，对这一民间大众智慧进行佛教化改造。史诗演述开始成为少量说唱艺人的专利，也改变了以往那种以集体性记忆方式传承的路径，艺人的集体性身份开始分化，初步确立了艺人的佛教化身份，陆续出现了掘藏、圆光、神授、智态化、顿悟、

吟诵艺人才忠

圆光艺人才智在说唱《格萨尔》。

青海省玉树藏族自治州艺人达瓦扎巴在演述《格萨尔》史诗。

吟诵等类型的个体性艺人类型。佛教化身份的确立标志着史诗艺人进入半职业化阶段。这种从集体记忆向个体记忆、从集体性身份向个体性身份的转变，反映出人们对史诗的认同和弘扬从不自觉走向自觉。在集体记忆时代，演述《格萨尔》是大众或部落成员不自觉的一种共同行为。在进入个体记忆阶段之后，面对人们纷纷皈依佛教、集体记忆败落的大潮，艺人身份的建构就成为了一种自觉行为。此时，艺人的演述活动开始功利化，旨在为特定的宗派利益服务。随着史诗演述者的身份从集体转变为个体，这种自觉意识基本出自少数有识之士，只有这部分部落成员才会有意识地扛起史诗演述的大旗。此外，艺人的身份也朝向另一个路径发展，并随着社会文化的变迁而改变。上世纪七八十年代以后，中国对民族民间文化的抢救、搜集和整理工作给予了极大投入。在北京及全国主要的《格萨尔》史诗流传地区建立了《格萨尔》的抢救、搜集、整理和研究的专门机构。自古以来一直在偏远山区云游四方、吟诵《格萨尔》的众多半职业化艺人从此走到历史的前台，一批优秀的艺人被吸收到相关文化机构，成为职业《格萨尔》艺人。

20 世纪后半叶，随着后现代主义浪潮的兴起，工业化、都市化和后现代消费文化观念逐渐深入人心。在文学艺术领域，一批高举大众文化旗帜的人士（其中既有民

掘藏艺人格日尖参

间传承人也有知识精英层），开始以精英文化模式改造大众文化，并使其进入传统社会机制下的主流话语系统，从而出现了"草根知识"经典化的倾向。这种精英文化与大众文化日益趋同，不仅影响着人们的知识体系，而且也影响了人们的审美趣味和消费取向。藏族地区艺人面对全新的社会语境及后现代文化思潮，在适应都市生活的同时，他们的思维方式和精神生活也日趋"都市化"，他们对于史诗的演述活动也开始从朝圣者型转向了观光者型，其中格日尖参和丹增扎巴的准书面化文本现象、玉梅的"失忆"现象、才让旺堆的"叛逆"现象均说明了这一点。

近现代文化语境的异化，使格萨尔文化开始走向变异、偏离民间文化规则，表现为一种宏观性、整体性异化特点。在后现代文化语境中，格萨尔文化表现出具体性、碎片性和结构性异化的特征，使史诗朝着它的终结化，即"文本化"道路发展。

第四节　文本及其演进

文本是史诗的内核。它是由群体或个人在特定社会和文化语境下创造的思维成果，具有人类原始文化基因的诸多特点。《格萨尔》在其文本的形成初期就形成了特定的意义模式、故事范型、情节结构和概念系统等文学的内涵，但后来在藏族地区随着宗教意识形态的产生，它被按照佛教的思想意志而逐渐解构，通过对《格萨尔》中元叙事文本能指的价值解构，形成了所指的意义转换。在故事主题、故事范型、意义表达等方面产生了凝聚、再造、置换、象征等话语系统，形成了与佛教的价值观相适应的文本类型。

根据文类划分，"《格萨尔》本体文本的发展经历了三个阶段：历史口传或英雄传说阶段，以'仲'的产生为标志，属完全口头形态；史诗基本形态形成阶段，以英雄下凡、降伏妖魔、安定三界内容的形成为主要标志，此时，随着文字的应用部分口头史诗开始书面化；史诗体系的完善和发展阶段，以十八大宗体系的形成为标志。在口头史诗占据主要地位的同时，书面化的史诗形态完全形成。"[1]《格萨尔》说唱艺人在演唱时，经常用这样三句话来概括史诗的全部内容："上方天界遣使下凡，中间世上各种纷争，下面地狱完成业果。"这与古代藏族先民的"三界宇宙观"相一致，故可以归纳为"天界篇、降魔篇、地狱篇"。不管后来《格萨尔》怎样演变发展，如同滚雪球，篇幅越来越大，内容越来越丰富，但"天界""人间"和"地狱"三界的基本结

---

[1]　诺布旺丹著：《艺人文本与语境——文化批评视野下的格萨尔史诗传统》，青海人民出版社，2014 年，第 152 页。

四川博物院藏《格萨尔画传》

构和框架不变。按照通常的说法，《格萨尔》最初阶段只有五六部，由三个部分组成，即：天界篇、降魔篇、地狱篇。较早的一些手抄本以及民间流传的格萨尔故事，例如《贵德分章本》和《拉达克分章本》等，都包含这三个部分。

《格萨尔》史诗说唱交替，散韵兼行。尽管具有这种特色的文类在当下的藏族文学中不常见，但它在古代叙事文中极为常见。譬如在《敦煌本吐蕃历史文书》中，对南诏王前来投奔吐蕃赞普墀德祖赞时的情形这样描述：

南方之东（下）部，南诏地面，有谓白蛮子者，乃一不小之酋长部落，赞普以谋略封诏赐之，南诏王名阁罗凤者遂归降，前来致礼，赞普乃封之曰"钟"（弟），民庶皆归附庸，（吐蕃）地域，增长一倍。

阁罗凤大臣名段忠国者，来至赞普墀德祖赞之帐前，致礼示敬时，赞普君臣引吭高歌，歌云：

"在七重天之苍穹，
从神境苍天之中，
降一天子为人之救主，
与一切人众之地方，
既不相似又不相同，
地方高耸，土地纯净，
吐蕃地方来降生，
为一切地方之众生。"

"政事从那时起兴旺，
他为了救护父辈免受苦难，
投靠天神之子赞普，
天神之子根基巩固，
风俗纯良性格和顺，
诏令公正令重如山，
罗凤献出了政权，
罗凤被封为王。"[2]

这种散韵结合、说唱一体的叙事方式当时已经成为藏族叙事文体的主要形式。

除了散韵结合的叙事方式之外，这些叙事文本中也出现了很多程式化的语言。譬如，在《敦煌本吐蕃历史文书》中又及：发兵攻象雄之工，统其国政，象雄王李迷夏失国，象雄一切部众咸归于辖下收为编氓。后，赞普聚众大论君臣欢庆宴乐，赞普松赞乃作歌。歌云：

西藏博物馆藏《格萨尔姜岭大战》手抄本

"噫嘻！若问赞普是何名？
乃我赞普是也。
这位大臣是何名？
乃布藏藏是也，

---

[2]　《敦煌本吐蕃历史文书》，王尧、陈践译，民族出版社，1992年。

藏藏为驯良之马也。"[3]

圆光艺人卡擦扎巴所抄写的《格萨尔王传》

这种自问自答式的叙事方式是《格萨尔》文本中最典型的叙事方式。"世界上所有古老的文明都在远古就保留了他们的故事和歌谣，在某些文化中把二者结合起来，并成为经典性的时代传唱作品的正是史诗。"[4]

在长期的流传过程中，《格萨尔》出现了"分章本"和"分部本"两种形式。所谓"分章本"，就是在一个本子里，包括上面说的三个部分，从头讲到底。《格萨尔王传》（贵德分章本）、《格萨尔王传》（拉达克分章本）、《岭·格萨尔》，都属于这一类。艺人在说唱时，也有这样说唱的。经过民间艺人不断的加工创造，情节不断发展，内容日益丰富，人物日益增多，艺术上日趋成熟、精美，其中某些部分就逐渐分离出去，独立成篇。这样的一部故事，藏语里叫"宗"，也就是"分部本"。通常说《格萨尔》有多少多少部，指的就是这种"分部本"——"宗"。

从结构和形式上分析，《吉尔迦美什》《伊利亚特》《奥德赛》《罗摩衍那》《卡勒瓦纳》等世界上著名的史诗，都属于"分章本"。"分部本"是《格萨尔》一种特殊的流传形式。此外，还有很多种异文本。

所谓"异文本"，就是同一个部本，包括"分章本"和"分部本"，有不同的唱本和抄本。这种"异文本"，少则一两种，多则有好几种，甚至几十种不同的版本。如《英雄诞生》《赛马称王》《霍岭大战》等

[3]　《敦煌本吐蕃历史文书》，王尧、陈践译，民族出版社，1992年。

[4]　叶舒宪："史诗译介的里程碑——评译林出版社的世界英雄史诗译丛"，《中华读书报》，2003年10月15日。

在整部《格萨尔》里比较受欢迎，流传也广，演唱的艺人也很多，西藏的扎巴、桑珠、玉梅、曲扎，青海的才让旺堆、昂仁、古如坚赞、达瓦扎巴等当今著名艺人都经常演唱这几部。在主要内容、主要人物、基本情节相同的情况下，他们又有各自的特点和不同的演唱风格。这种"异文本"，有地区特点、语言特点、时代特点，还有各个艺人自己独特的风格。因此，各种优秀的异文本有不可替代性、有自己的听众（读者）圈，有其独立存在的价值和意义。

艺人桑珠在说唱《格萨尔》。

下面以《格萨尔》"天界篇"为例，分析这种演变、发展过程：

"天界篇"，开始叫作《英雄诞生》，讲述生活在雪域之邦的黑发藏民遭受深重的苦难；天神发慈悲心，商议如何解救藏民的苦难，决定派格萨尔到人间，降妖伏魔，造福百姓；格萨尔在岭国诞生，格萨尔的童年生活这样度过：赛马称王，纳珠牡为妃，成为岭国国王等。

诸神在天界议事、占卜的内容在《贵德分章本》里被列为一章。在其他一些手抄本里，只有很少的内容，只是简单地交待格萨尔的身份，说明他"身份高贵"，是"天神之子"，以及他到人世

格萨尔王妃珠牡

51

间的目的、肩负的使命，相当于一部小说的"引子"或"楔子"。

后来，这方面的内容越来越丰富。听众很想知道"诸神在天界议事"的情况，"天界"在哪里？主宰"天界"的"神"是什么神？他们怎么知道"雪域之邦的黑发藏民遭受深重的苦难"？为什么"派格萨尔到人间，降妖伏魔，造福百姓"，而不是派别的神佛？作为"天神之子"，他又是哪个神的儿子？他为什么有那么神奇的力量，能够"降妖伏魔，造福百姓"、拯救"受苦受难的黑发藏民"？为了回答这些疑问，那些与农牧民群众有密切联系而又具有聪明才智和创造力的民间艺人，不断地创编出各种故事来回答受众的疑问，满足他们的好奇心和求知欲。

格萨尔
（唐卡）

格萨尔赛马
称王剧照

于是，从《英雄诞生》中分离出去许多小故事，成为独立的一部，即《天界占卜九藏》。独立成篇后，情节有了很大发展，为读者（听众）展现了一个完整的天神世界。内容增加了，情节也更加曲折复杂。上至天国，下至人间，中间还穿插了龙宫的故事。仅这一部又有好几种不同的异文本。

如果说《格萨尔》史诗是藏族早期部落对自己族群和部落历史的

格萨尔（唐卡）

集体记忆，元叙事故事便是其"事实记忆"，而被解构的文本则是其"价值记忆"。《格萨尔》史诗文本的形成不但经历了从口头到书面化文本的逐渐过渡阶段，而且也经历了从元叙事文本到被解构文本的演变过程。

历史的"文本化"是藏族史诗产生的最深层和最根本的原因。它使史诗主人公的真实历史经过文本化的改造，成为了适合大众思维特点的神话性文本，经过艺术化处理进而达到了佛教化的目的，将意象、隐喻、神话和象征等文学技巧应用其中，使史诗文本从历史的神话化过渡到了神话的艺术化，产生了佛教化史诗文本。《格萨尔》史诗作为藏族口头文学的集大成，正是从远古"仲"的文化体系中衍变而来，继承了"仲"（神话）的诸多功能和特点，同时它也是远古藏族的诗性智慧的结晶。"隐喻"和"类概念"等藏族原初思维便是仲（神话）

得以产生和衍化的滥觞，也是格萨尔文化得以衍生的思维基础。

在《格萨尔》史诗诞生的早期，格萨尔故事叙述的是他们自己部落的历史，这种历史在一代代牧人和部落成员的集体记忆中经过反复洗濯、融通，成为被"言说"的对象，并用口头方式吟诵传唱，拓篇为部，日臻完善，逐渐形成了今天这种宏大的叙事。这种被人们当作史实存在的史诗，用说唱相结合的方式进行演述，既有"史"的内涵，也有"诗"韵味。史和诗在中国古代有着相同或相近的意思。《虞书》中言："诗言志，歌咏言。"闻一多将"志"解释为三种含义：记忆、记录、怀抱。"诗产生在文字之前，当时专凭记忆以口耳相传。诗之有韵及整齐的句法，不都是为着便于记忆吗？所以诗有时又称诵。"[5] 他关于诗、志、史三者的关系以及史志二者又是如何从亲缘关系走向分道扬镳的论述极为精彩。他认为，无文字时专凭记忆，文字产生以后则用文字以代记忆。故记忆之记又孳乳记载之记。记忆谓之志，记载亦谓之志。古时几乎一切文字记载皆曰志。诗之本质是记事的。古代"歌"所占据的是后世所谓"诗"的范围，而古代"诗"所统领的乃是后世"史"的疆域。"繁于文采"，正是"诗"的长项和强项，但这恰恰是"史"所忌讳的。因此，后来人们不得不舍弃以往那"繁于文采"的诗的形式而力求经济，于是散文应运而生。大概就在这时，志、诗才分家。一方面有旧式的韵文史，一方面又有新兴的散文史。这样"诗"便卸下"史"的包袱，与"歌"合作。在起初的"诗"中有很多记事的成分，多以一个故事为蓝本，叙述方法保存着故事时间上的连续性。在这个过程中，想象和艺术化的手法起了决定性作用，想象成分越多，"情"的成分就越多，"事"的成分便越少。"情"或艺术化的成分愈加膨胀，而"事"则暗淡到不可再称为"事"，只可称为"境"了[6]，这样便出现了象征或隐喻性史诗。这正是藏族之所以能够产生史诗的重要原因。

---

[5] 闻一多著：《神话与诗》，上海世纪出版集团，2005 年，第 151 页。

[6] 闻一多著：《神话与诗》，上海世纪出版集团，2005 年，第 151 页。

格萨尔作为一个历史人物，在"事"与"情"的博弈中，后世的人们围绕其真实历史事迹进行了艺术化再造，逐渐出现了格萨尔的神话性故事文本。我们在弗兰克收集的《〈格萨尔〉下拉达克本》中发现了民间故事阶段的格萨尔史诗。《格萨尔王传》（贵德分章本）也反映了格萨尔史诗较早的民间口头传统特点。后来，随着佛教传入史诗流传区域，又开始了史诗文本的佛教化历程。史诗的佛教化是与史诗的艺术化同步进行的。经过艺术化的加工和演绎，《格萨尔》史诗由原来的神话性故事文本发展到史诗的篇章，从有限的几部神话性故事，拓章为部，部外生部，最终在篇幅上长达百部以上。

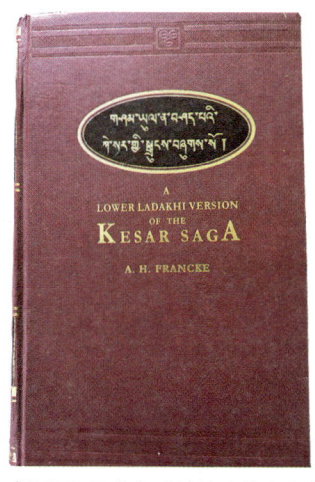

《格萨尔王传》（拉达克分章本）

说唱形式的书面化、说唱内容的佛教化以及说唱传统的职业化，是《格萨尔》史诗晚近发展的三大主要特点。其中，顿悟、圆光、伏藏和智态化等不同传承方式的兴起，使《格萨尔》史诗更加色彩斑斓、熠熠生辉。这些传承方式都源于藏传佛教的传统，并且在《格萨尔》的传承中扮演着极为重要的角色，也是藏传佛教在西藏的一种特殊的传播手段。由于这些佛教传承方式和演述视域的植入，使原本囿于大众文化疆域中的《格萨尔》开始了史诗佛教化的历程。原本在故事中作为民族英雄的主人公格萨尔从此成为佛教的附庸，取而代之的是西藏佛教创建者莲花生大师的高高在上，岭国英雄们的战事行动便

《格萨尔王传》（贵德分章本）

《格萨尔王传》彩绘

成为佛教事业的一部分，原始神祇和自然神灵至高无上的地位被佛教的神祇权威所抑制。所谓《格萨尔》的佛教化不是简单指这部史诗思想内容的佛教化，而是包括说唱艺人的职业身份、史诗传承方式、故事演述和表达方式等方面的佛教化。伏藏等藏传佛教传统的嫁接和植入，是《格萨尔》佛教化的主要因素，也使《格萨尔》史诗呈现出三个特点：史诗传承人的职业化，史诗思想内容和故事范型的佛教化，史诗文本类型的书面化。其中，佛教化处于核心位置，左右着另外两项，起初作为佛教护法神而存在的主人公格萨尔，逐渐成为民众信仰的本尊神和上师。总而言之，格萨尔史诗的逻辑发展脉络可归结为：发端于"史"，演进于"喻"，完成于"境"。

第五节 抢救与保护

一、《格萨尔》的社会文化价值

《格萨尔》是关于藏族古代英雄格萨尔神圣业绩的宏大叙事，是人类口头艺术的杰出代表，也是藏族母语文化、传统知识、民间习俗、宗教信仰和文化认同的重要载体，同时也是藏族传统文化原创活力的灵感源泉。它的广泛流传，成为中国族群文化多样性和人类文化创造力的生动见证。

《格萨尔》具有藏族文化众多的个性和品质，主要有如下特点：一是世界上篇幅最长的英雄史诗，据不完全统计它共有一百多万诗行，两千多万字，比世界五大史诗的总和还要长。二是至今仍以活形态传承的宏人叙事，日前能够吟诵16万诗行、80万字以上的艺人还有160多位，他们多数为目不识丁却无师自通的天才艺人。三是传承类型最为丰富的口头传统，有神授、圆光、掘藏、顿悟、智态化等，这些传承类型均为《格萨尔》史诗所独有。

《格萨尔》史诗是"表现全民族的原始精神"或"一种民族精神标本的展览馆"，艺人的表演所展示的是这座展览馆中一件件精美绝伦的文物。它们不但具有表达民族情感的作用，也具有民族文化认同、培养审美意识的功效，同时还有传承民族文化、维系民族精神纽带的作用，这些功能归纳起来主要表现在以下几个方面：

娱乐功能： 藏族谚语"岭国（泛指藏族）每人嘴里都有一部格萨尔"，说明了格萨尔流传之广泛和受藏族群众喜爱的程度。说唱艺人是《格萨尔》史诗的载体和传承者。在交通闭塞的高原牧区，民间说

格萨尔祭祀
仪式

唱艺术是牧民重要的娱乐形式。

传授知识、再现历史的功能：《格萨尔》史诗反映了古代藏族部落社会发展的历史，以及青藏高原从分散走向统一的历史进程。通过艺人的演唱，使人们了解藏民族发展的历史脉络及其社会基本结构。

信仰功能：在《格萨尔》流传地区，人们往往将自己的祖先追溯到岭国大王格萨尔那里，还常常自称是"岭国某某人的化身或转世"。格萨尔是该部落的保护神，敬拜格萨尔是他们世代不变的信仰。对于目不识丁的牧区人来说，艺人所演述的格萨尔故事与自己的生产生活、部落家族息息相关。他们深信，格萨尔确确实实曾经生活在自己脚下的这块土地上，他及他的将士们的英灵仍活在世间，与自己部落和民族同在。因此，人们把艺人的演唱视为神圣而庄严的活动，在说唱前要煨桑，用酒祭祀英灵，更重要的是他们可以用心灵感触格萨尔的护佑。许多人甚至觉得，唱上几段格萨尔的战斗诗篇，即可化险为夷，还会招财纳福。在藏区各地有许多格萨尔庙，供奉有英雄格萨尔的雕塑或唐卡，成为膜拜场所。

道德教化的功能： 艺人演述的不单单是一段故事、一场战争的经过，而是一种精神，它歌颂抑强扶弱、除暴安良、造福百姓的英雄气概，倡导正义、公正、善良、智慧的社会伦理思想。

文化和生态环境的保护功能： 为了怀念英雄的丰功伟业，产生了许多风物遗迹传说。在《格萨尔》史诗中，格萨尔大王的灵魂永远驻守在雄伟的阿尼玛卿雪山；在黄河源头有三个湖——嘉人湖、鄂人湖、卓人湖，分别被认为是格萨尔史诗中嘉洛、鄂洛、卓洛等三大岭国部落的寄魂湖。人们坚信，只要湖泊不干枯，他们就能永远保持旺盛的生命力。千百年来，生活在这片土地上的人们精心呵护着这里的一草一木。凡与格萨尔故事有关的自然环境，人们都自觉地加以保护，那里的生态依然保存完好。

文化创造和灵感功能： 《格萨尔》在其千年的历史发展过程中，不仅是藏族与其他民族交流的主要文化形式，同时它也立足于西藏的神话、故事、民歌、谚语等民间文化的土壤中，为藏族的音乐、绘画、

格萨尔寄魂山：年宝玉则（又称果洛山，位于青海省果洛藏族自治州）

现代格萨尔舞剧

现代歌舞剧《嘉洛婚庆大典》

格萨尔马背藏戏（因在马背上表演而得名）

藏戏、舞蹈等民间文化的发展起到了推动作用，成为西藏当代文化赖以创新发展的灵感源泉。

舞蹈

在藏区许多寺庙，《格萨尔》中重要的篇章被改编成宗教舞蹈"羌姆"，用以教化信徒，祈祷风调雨顺、五谷丰登。每逢正月十五或四月十五，或在雪顿节等节庆期间向信徒表演。这种传统已有数百年的历史。另外，在藏区，有很多剧团也以格萨尔命名，比如果洛民间马背格萨尔藏戏团等。

绘画

用唐卡形式表现格萨尔的传统在藏区和蒙古地区由来已久，但多为单幅唐卡，且以纯佛教绘画技巧绘制，这种传统在人物和情节的再现方面有一定的限制和缺憾。2003年，四川甘孜藏族自治州德格县启动了格萨尔王千幅唐卡绘制工程，在3至5年间依照史诗绘制了1008幅格萨尔王唐卡，

格萨尔（唐卡）

每一幅唐卡都表述了格萨尔王的一个完整故事，最终形成世界上第一部唐卡形式的《格萨尔王传》。

这是一项由民间人士投资的大型项目，该项目邀请了众多中国著名的"格学"专家、藏学专家作学术顾问，由专家学者撰写文学脚本。

音乐

格萨尔是当今西藏音乐创造中的热门主题，已经创作的格萨尔曲目有数十首，部分歌曲业已成为藏区家喻户晓的流行曲目。近年来，在甘南玛曲县欧拉乡美丽的扎西草原每年都要举行黄河首曲格萨尔文化旅游节，其间，上千名来自民间的新老弹唱歌手，进行格萨尔弹唱表演，场面壮观，创造了藏族多人弹唱的新记录。

鉴于《格萨尔》在人类集体记忆、文化创造力和传承力方面的特殊意义，以及它所包含的原始文化基因对人类原初文明生命力延续所具有的价值，2006 年它被列为第一批国家级非物质文化遗产代表作名

《格萨尔》被列入国家级非物质文化遗产代表作名录。

联合国教科文组织将《格萨尔》列入"人类非物质文化遗产代表作名录"。

联合国教科文组织就《格萨尔》列入"人类非物质文化遗产代表作名录"的函

录，2009年联合国教科文组织将其列入人类非物质文化遗产代表作名录，并在文件中作如下描述：

"中国西北部的藏族、蒙古族和土族社区中共同流传的《格萨尔》故事，由一代代艺人杰出的口头艺术才华以韵散兼行的方式用串珠结构讲述着格萨尔王为救护生灵而投身下界，率领岭国人民降伏妖魔、抑强扶弱、完成人间使命后返回天国的英雄故事。在藏族地区，史诗艺人辅以服饰、道具（例如帽子和铜镜等）说唱。蒙古族史诗艺人则多是师徒相传，演唱时多使用马头琴或四胡伴奏，融汇了好来宝及本子故事的说书风格。史诗的演唱伴随着诸如烟祭、默想、入神等独特的仪式实践植入社区的宗教和日常生活中，如在诞生礼上演唱格萨尔王从天国降生的段落。众多的神话、传说、歌谣、谚语等不仅作为传统的一分子成为乡村社区的娱乐方式，而且对听众起着传授历史、宗教、习俗、道德和科学的作用。格萨尔唐卡和藏戏等的产生和发展，又不断强化着人们尤其是年轻一代的文化认同与历史连续感。"

二、多重保护实践

《格萨尔》史诗抢救、保护工作是从上世纪50年代开始的。就一部史诗而言，艺人、文本和语境是它的全部要素。近半个世纪以来，国家从这三个方面在《格萨尔》史诗抢救、保护和研究方面做了大量的工作。以社区为基础、学界为智库、政府为后盾的三方合力，以多重实践及其互动模式，切实推进《格萨尔》史诗传

统的代际传承和社区能力建设，形成
了可持续性发展潜力。

芬兰学者在国际《格萨尔》学术研讨
会上发言。

　　在格萨尔文化语境的保护方面，
主要以社区为基础，尊重民间习俗和
注重保护《格萨尔》史诗赖以生存的
文化语境，在本土文化和社会语境中
推进格萨尔文化的保护工作。将《格
萨尔》史诗流传地区命名"格萨尔史
诗村"，建立"格萨尔艺人之家"和"格萨尔纪念馆"，建立"格萨尔
文化生态保护区"，不定期举行全国性的"格萨尔表彰大会"，对于
优秀格萨尔艺人和社区给予嘉奖，至今已举办三届。

　　1984 年，在成立全国《格萨尔》工作领导小组及其办公室基础上，
流传《格萨尔》史诗的各个省区也相继成立了《格萨尔》领导小组办公室，
有专门的人负责进行《格萨尔》资料的抢救、艺人的保护、学科的建

藏文《格萨尔》精选本

德格"格萨尔口头传统研究基地"成立。

西藏大学《格萨尔》抢救办公室研究人员
在誊录《格萨尔》文本。

设等工作。经过20多年的努力，《格萨尔》在人才建设、艺人保护、出版翻译、国际学术交流上，都取得了非常大的成就。此外，还有一些大学设立《格萨尔》史诗专门研究机构，组织召开学术讨论会，创办《格萨尔》网站、《格萨尔》期刊，等等。

近年来，中国社科院民族文学所和全国《格萨尔》工作领导小组在藏族地区建立了4个"格萨尔口头传统研究基地"，并对这些地区进行了长期的田野跟踪调查，在对当下格萨尔艺人、文本和文化语境的进一步深入研究方面取得了较大的成绩。仅就文本而言，迄今从民间收集到的藏

《格萨尔》文本研究成果

文手抄本、木刻本有289种，出版135部藏文分部本，搜集到大量的《格萨尔》唐卡及相关文物，录制优秀说唱艺人的音像资料近5000小时，等等。2011年，国家又将《格萨尔》史诗的抢救保护和研究纳入国家社科基金重大委托项目，并开展对全国的《格萨尔》文本、艺人和相关文化语境普查、登记、立档和命名工作，建立数据档案库。

学术机构的参与进一步提升了民众对自身文化传统的认识，增进了政府对民族民间文化价值的认知和支持，也深化了公众对尊重不同文化的理解。

在格萨尔文化的保护和传承方面，目前国家还在不断探索在社区、学界和政府三方互动中实现更为科学、合理的有效途径。

第三章

书面文学的
基本类型与文本
（上）

第一节　作为书面文学媒介的藏文

　　文字的书写对于文学的传播与发展至关重要。它改变了口头文学的传播方式，使文学原有的听觉符号变为视觉符号，使语言有形并得以保存。文字的出现使口传文学时代的文学本体从纵向的历时性传播方式变为横向的共时性传播，从文学的集体记忆过渡到个体记忆，也从俗文学过渡到了雅文学或经典文学时代。

　　藏民族最早的文字是象雄文。象雄文出现在公元前 2 至 1 世纪的古象雄王国。象雄王国是曾经雄霸青藏高原的一个古老王国。其疆域最大时，西起今阿里地区的岗仁波齐，东至今昌都丁青。汉史中所谓"羊同部落"，就是指象雄王国。在公元 7 世纪被松赞干布吞灭之前，象雄王国一直是一个独立王国。象雄文字叫"玛尔文"，它类似汉族的甲骨文。"玛尔文"主要用于苯教的咒誓、祭祀、禳祓活动和经文记载等。由于受到当时历史条件的限制，这种文字未能普及，但在藏区一定范围内，这种文字的使用至少延续了上千年。有资料显示，吐蕃最初也曾使用过"玛尔文"。公元 7 世纪初，苯教的巫师们仍用象雄文来缮写苯教的经文等。有学者认为，松赞干布最初遣使分别向尼泊尔和唐朝求婚时，书信很可能是用象雄文书写的。早期的许多苯教文献是由象雄文翻译成藏文的。藏文是在象雄文的基础上，学习克什米尔和印度文字而创制的。众所周知，因在较长时间里佛教与苯教间不断进行激烈的斗争，加之后来的统治者推行"崇佛"政策等原因，导致苯教文献几乎全部被毁或失散，所留下的文献资料极为罕见。近年来，国外出版了象雄文词汇与藏文、英文对照词典。

公元 7 世纪，藏民族记录藏语言的统一文字符号系统形成于吐蕃赞普松赞干布执政时期。藏文字的诞生和推广应用在藏民族的历史上具有划时代意义。从此，藏民族的文明史翻开了崭新的一页。在中国各民族中，藏民族的文化遗存仅次于汉族，位居第二。

藏族文字是由吐蕃大臣——吞弥·桑布扎创制。吞弥·桑布扎生于雅鲁藏布江南岸，今西藏山南地区的隆子县（一说出生在尼木县）。母亲名叫阿孥，父亲吞弥·阿鲁是松赞干布的御前大臣。吞弥·桑布扎成年之时，正值松赞干布戎马驰骋青藏高原，大展其雄心抱负。鉴于民族间政治、经济和文化交流以及治理朝政的需要，松赞干布深感缺乏文字之不便。在公元 7 世纪上半叶，松赞干布经过较长时间的准备，决定从数百名有志青年中挑选精英，为创制文字派往国外学习。最终挑选出御前大臣吞弥·桑布扎等 16 名聪颖俊秀的青年，派遣他们前往天竺等国学习。以吞弥为首的 16 名藏族青年不畏艰险，长途跋涉，如饥似渴地四处求学。但长期生活在寒冷高原的学子们终因难以适应天竺的酷热气候，其中 13 位先后病卒于他乡。吞弥坚持前往天竺，拜师访友，受业于天智狮

藏文创制人吞弥·桑布扎浮雕

吞弥·桑布扎故居前的石碑

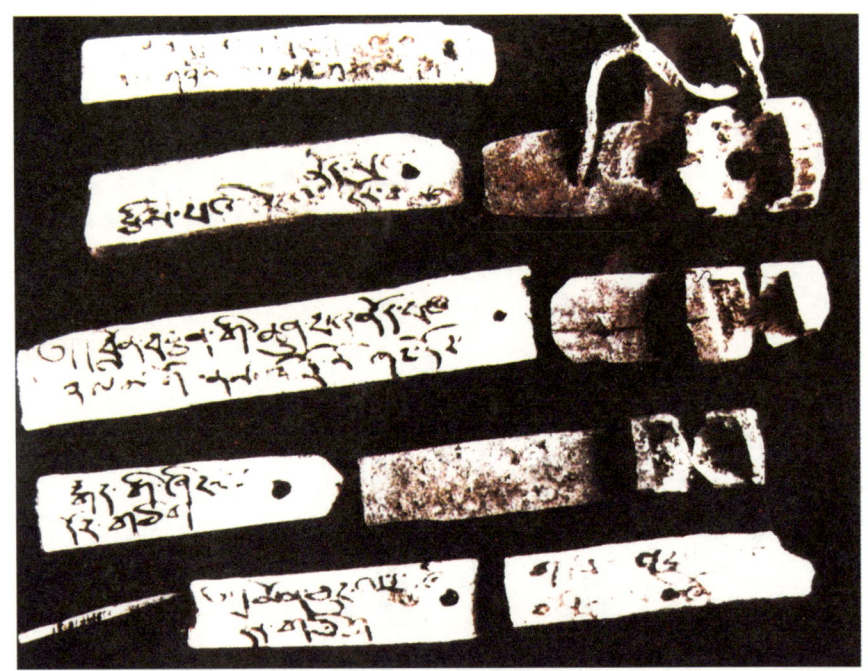

古老的藏文木简（新疆于阗出土）

子和婆罗门利敬，学习古梵文和天竺文字，精研佛学。

　　吞弥·桑布扎学成回到吐蕃后，根据松赞干布的旨意，开始精心创制藏文字。他仿照梵文兰扎、瓦都字体，结合藏语的特点，反复琢磨，不断加以改进和完善，终于创制出了适于记录藏族语言的一种新文字。根据藏语实际，从梵文的 26 个元音中挑出 (i)(u)(e)(o)4 个符号式的藏文元音字母，从梵文 34 个辅音字母中去掉了 5 个反体字和 5 个重叠字，又在辅音字母中补充了元音"啊"，补充了梵语迦、哈、稼、夏、恰、阿（音译）等 6 个字母，制定出 4 个元音字母及 30 个辅音字母的文字。根据梵文兰扎字体创制藏文正楷体，根据乌尔都字体创制草书体。

　　据史料记载，吞弥·桑布扎在完成藏文创制后，即撰写藏文颂词献给松赞干布。松赞干布十分高兴，大加赞赏。为了带动藏区臣民学习藏文，松赞干布拜吞弥·桑布扎为师，在玛如宫潜心学习藏文字和他国文化，闭门专修 3 年。他倡导全藏上下学习藏文，期盼智慧之莲盛开。随着藏文普及范围的扩大，人们文化素质的提高，以及广泛开展文化交流，吐蕃的社会面貌发生了很大变化。后来，为使藏文的拼音方法准确、规范，吞弥·桑布扎又根据古印度的声明论，结合藏文的特点和藏语的表述习惯撰写了《藏文文法根本三十颂》《文字变化法则》（即《文法音势论》）等 8 种文法著作，现今保存的《藏文文法根本三十颂》和《文法音势论》既是最早的藏文文法经典，又是今天学习藏文时必读之教科书。吞弥·桑布扎不仅在语言学、文字学和文法学上颇有建树，同时还是一位伟大的翻译家。他翻译了《二十一显密经典》《宝星陀罗尼经》和《般若十万能颂》等 20 多部梵文经典，开了藏译佛经的先河。有很多译经后来被收入《大藏经·甘珠尔》。随后，天竺、尼婆罗、克湿弥罗和于阗等地的佛教经典著作和各种文化论著被陆续译成藏文，成为藏族文化的重要组成部分和基础知识。

布达拉宫珍藏的藏文贝叶经

此外，吞弥·桑布扎还翻译了中原内地的一些汉文佛教经典和文化论著。

第二节　佛经翻译：书面文学的发端

藏文的创制为藏族书面文学的产生、发展插上了腾飞的翅膀。当然，书面传统的诞生并不意味着口传文学就此终结，口承传统依然对书面文学有着极大的影响。从现有的文献资料看，那些出自崇尚书面传统的高僧大德之手的经典著作中，依然不乏口承传统的因子。与其他文学一样，浩如烟海的藏传佛教文学由口承文学、史传文学（包括历史文学、传记文学）、戏剧文学等组成。在一些著名的历史学著作，譬如《贤者喜宴》《柱间遗教》《莲花遗教》《巴协》《青史》《西藏王臣记》《西藏王统记》以及《红史》等传世著作中都杂糅着口传时代遗风，神话传说成为弥补历史文本和信史遗漏的重要史料元素。因此，口传与书面一直成为藏族并驾齐驱的两大记忆方式。

不同版本的《巴协》

藏族佛经翻译事业肇始于吐蕃赞普松赞干布时期，它得益于藏文文字的创立。据藏文典籍介绍，早在拉脱脱日年赞时期，佛经就已经传至吐蕃。松赞干布当政以后，苯教文化已经不能适应王朝社会、经济的发展，而来自域外的佛教文化则显示出鲜活的生命力。松赞干布从长远发展目标出发，毅然决定在吐蕃王国进行一次思想变革，果断引入佛教，佛苯斗争的帷幕就此拉开。

藏文版《莲花遗教》

佛教并没有因为有了赞普的支持就迅速传播开来，相反有很多大臣仍然崇信传统苯教；在民间，百姓更是对佛经一无所知。在这种情况下，赞

佛教经卷柜

普急需将佛教经典翻译成藏文，以扩大佛经在吐蕃的传播，实现佛经的本土化。佛经本土化与佛经藏语化几乎是同时进行的。据《柱间遗教》和《贤者喜宴》等史书记载，当时王国延请了祖国内地、印度、克什米尔、尼泊尔等地僧人，共同翻译了《宝集咒》《月灯》《宝云经》等经书。

赞普赤松德赞笃信佛教。在他统治时期，吐蕃的佛经翻译事业达到了一个新的高度。赞普修建了专门的译经场所桑耶寺，同时派人前往祖国内地、印度等学习汉文与梵文，学成归来，他们就进入桑耶寺专门从事佛经翻译。译出的佛经分别置于秦浦、庞塘和登噶等三个宫殿之中，后来又把这些佛经分别编目为《秦浦目录》《庞塘目录》和《登噶目录》，至今只有《登噶目录》存世，该目录收有藏译经论27门，六七百种。四川德格印经院刻印的藏文大藏经，多达4000多种，这些基本上都是从赤松德赞到赤热巴金80年间翻译的。这一时期涌现出许多翻译家，仅赤松德赞赞普时期的著名译师就有9人。

德格印经院（内部）

佛经中的有些词语或典故难以理解，不同译者往往会根据各自的想法进行翻译，结果往往会造成新的误解。赤松德赞组织"译语"厘定工作，对翻译中的专有名词、术语及文字的书写方法进行规范，纠正了翻译与书写中的某些混乱现象，提高了佛经翻译的质量与水平。

这一时期出现了很多翻译作品，主要是从印度佛教经典翻译过来的，也有一些是从汉文翻译成藏文的。目前汉译藏的佛学经典作品有 30 多种。

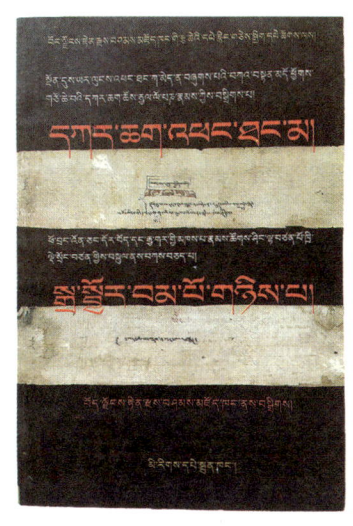

《庞塘目录》（民族出版社出版）

其实在进行佛经翻译的同时，其他民族文化的其他方面也被介绍到吐蕃。公元 9 世纪的著名藏族翻译家法成，既是一位佛经翻译家，也是一位宗教活动家。他曾在沙州（今敦煌）和凉州（今武威）一带从事译经与讲经活动，他精通汉文，曾经将不少藏文经典翻译为汉文，也将不少汉文经典翻译为藏文，如《贤愚因缘经》就是他依据汉文本、并参照梵文本译为藏文的。法成为藏汉文化交流事业作出了巨大贡献。《解深密经疏》是玄奘弟子圆测所造，汉文本遗失，好在当时法成将其译为藏文，完整地保存在了四川德格版《大藏经总目录》中。

佛经作品的翻译，不仅仅是宗教传播活动，更是一种文化交流和文学传播活动，其影响是多方面的。在翻译佛经的同时，其他民族医药、工艺、语言、史传、历算与文学等方面的知识也被介绍到吐蕃，促进了不同民族文化的交流与融合。就拿文学来说，《巴协》的《金城公主的传说》中有二妃夺子的情节，与《贤愚因缘经》中《檀腻羁品第四十二》所记阿婆罗提王审案故事有相似之处。这样的例子还有很多。由于吐蕃王室的大力支持，许多人参与到这项事业中来，逐渐转变成一种民间自觉行为。翻译事业的发展是以文化知识水平的提高为前提

彩绘木雕夹经板

的，从而在一定程度上带动了吐蕃文化事业的发展，在社会上逐步形成了一个以佛教经典翻译为主要工作的知识精英阶层。这对于日后藏族文化的发展走向及形态具有重要影响。藏文的大量使用自大译佛经时代开始，不仅因此普及了藏语文字，而且藏文的写作也日臻成熟。

第三节 佛经文学

　　佛教是崇尚书面传统的宗教。作为书面传统的集大成者，《藏文大藏经》不仅是一部宗教经典，也是一部百科全书，其内容极为丰富，

新版《藏文大藏经》

藏经阁

涉及逻辑学、语言学、文学、医学等。《藏文大藏经》分为《丹珠尔》与《甘珠尔》两个部分，前者主要是佛说经典的翻译，后者主要是论著的翻译。

西藏佛经文学主要就是指《藏文大藏经》中的文学作品。佛经文学作品主要保存在《甘珠尔》中的"诸经部"和《丹珠尔》中的"赞颂部""本生部""修身部"等。这些作品多讲述释迦牟尼一生事迹及历世修行的本生故事，尽管意在宣扬佛教文化思想，但是这些作品文学色彩浓厚，语言优美，措辞精巧，有情有景，形象生动，因而也就被纳入文学研究范畴。《藏文大藏经》中的文学作品主要有寓言故事、诗歌、传记与戏剧等，其中佛经故事最多。

佛经故事主要通过故事的形式阐发佛教教义，主旨无外乎布施、持戒、苦行、利众及因果报应等。比如，将玄奥的因果报应思想阐释为朴素的"善有善报、恶有恶报、行必有报"的人生道理，将看不见、摸不着的思想认知问题转化为可以效仿的可见行为，使教义更直白、更显性化。佛经故事的内容丰富多彩，有神龙魔怪，也有罗刹夜叉，上天入海，情节生动，趣味十足。例如，《贤愚因缘经》里有这样一个故事《婆罗门檀腻羁》：一位贫穷的婆罗门檀腻羁借了一头牛，还牛时牛丢了，主人让他赔，并拉他去见国王。在路上，他帮人挡马打断了马腿，逃跑时又压死一位织布工，过河时使一位过河人丢了斧头，去酒店压死了店主孩子，人们要求檀腻羁赔马、赔斧头、赔人。国王认为双方都不对，并让檀腻羁去做女店主的丈夫，然而告者不愿，但最后所有案子都和解。檀腻羁不仅没有受罚，而且还过上了幸福生活。故事十分风趣，在藏区民间流传甚广，深受喜爱。

　　传记与历史传说主要存在于《甘珠尔》部，诸如《方广大庄严经》与《佛出世经》等，讲述了释迦牟尼佛一生的经历——修行、传教，受尊"佛陀"。这些佛经看似传记，实则是将历史人物神化后的传说，有些干脆就被演绎成了神话。在《佛出世经》中，对释迦牟尼的出世描写突出了佛祖降生时的奇幻色彩。在描写释迦牟尼佛力大无比时，突出了释迦牟尼佛的神通，令人颇感离奇之美："菩萨坐在马车上，伸出一条腿，用大脚拇指挑起大象，扔将出去，大象越过七条滩、七条沟，在离城一俱卢舍的地方落下，大象落下时还将地砸了一个大深坑。"

　　《丹珠尔》中收集有叙事诗、抒情诗、格言诗与赞颂诗等。在《丹

佛本生故事（夏鲁寺壁画）

金汁写本《丹珠尔》

珠尔》本生部里，如马鸣的《佛所行赞》用长篇叙事诗歌的形式叙述了释迦牟尼一生的事迹与本生故事，艺术水平很高，是一部不可多得的传记诗歌。《佛所行赞》的作者马鸣是古印度著名的佛教理论家、诗人、戏剧家。这首诗辞藻华丽，诗律讲究，大量运用了譬喻，形象生动，对人物形象的描写尤为成功。中国唐代僧人义净曾赞誉："意明字少而摄义能多，复令读者心悦忘倦，又复纂持圣教能生福利。"

《云使》是抒情诗歌的代表之作，约于14世纪被译为藏文。这首诗描写的是被贬谪的药叉十分思念自己的妻子，托云转达自己的相思之苦，并安慰妻子不久就可以团聚。诗中对景物的描写让人如身临其境；对人物心理的描写也极为细腻真切。诗中写道：

"云啊！你到达时如果她正在安睡，请你别发声响，陪伴她一个时辰，别让她在难得的睡梦中得到我时，又立即从那嫩枝般手臂的紧抱中离分。纤弱的身躯更加消瘦，心中悲痛加凄怆，泪珠儿滚滚不断线，思念之情更增添，频频叹息焦灼不安，长吁短叹倍伤怀，幸福被厄运阻隔在远方，只把它相印在心田。"

这首诗对夫妻情意的描写缠绵悱恻，修辞技巧高超，内容高雅，浪漫主义色彩浓厚，艺术成就很高，是梵文古典诗歌的杰作。

　　戏剧是印度古典文学的重要组成部分，在《丹珠尔》中收有两个剧本，分别是《龙喜记》与《世喜记》。据说，《龙喜记》的作者是古代印度的戒日王，它约在 13 世纪时被译为藏文。这是一部六幕剧，讲持明仙国的云乘王子恋爱结婚、舍身救龙、自愿喂大鹏并调伏大鹏的故事。本剧意在宣扬佛教慈悲为怀、舍身救众生的"菩萨行"。《世喜记》是一部五幕剧，内容讲述祖那诺布国王以身饲罗刹、布施妻儿和"顶髻宝"的故事，意在宣扬佛教的布施功德。

　　佛经文学作品内容丰富，具有很高的艺术水平，为藏族文学提供了多方面的滋养。藏族文学的很多大师都是高僧大德，他们谙熟经书，能够将这些作品信手拈来，运用到自己的文学创作中。弘扬宗教的主题及浪漫主义的创作手法，几乎都被后世的藏族文学家们所继承。藏族文学家大量吸收佛经文学中的典故来丰富自己的创作，将佛经中的故事或典故改编为藏民族自己的文学作品，如藏戏剧本《诺桑王子》就改编自《菩萨本生如意藤》中的《诺桑本生》，藏戏《智美更登》则由《圣者义成太子经》改编而成。佛经文学的韵散结合体也被藏族学者所效仿。即使民间文学的"巅峰之作"《格萨尔》史诗也以韵散结合体的形式得以流传。佛经文学善用譬喻来说理，很多高僧大德借用这种手法，创作出了很多著名的格言诗歌。例如，贡噶坚赞的《萨迦

佛经印刷版

金汁写本《八千颂》
佛经

格言》就是参考借鉴了《丹珠尔》中的七部格言诗创作的。佛经文学
使得藏族文学的体裁更加多样化。在本生经的影响下，很多教派纷纷
为本教派的高僧大德撰写传记，从而使传记文学成为藏族文学的一大
特色。

第四节　历史文学

　　元明时期是藏族历史著作大量涌现的
时期，如《善逝佛教史》《红史》《西藏
王统记》《青史》《智者喜宴》和《布谷
之歌史》（即《西藏王臣记》），等等。
这些历史著作文学色彩较为浓厚，也是西
藏文学的组成部分。

1984 年版《青史》

汉、藏文版《红史》

（一）《红史》

《红史》，意为"红色的史书"，是藏民族现存最早的一部历史著作。该书的作者蔡巴·贡嘎多吉，为人勤勉，学识渊博，在宗教、政治与学术领域都有相当成就。他5岁时就学习藏文，后来精通噶举派教法和显密经典。15岁时被委任为蔡巴万户长。17岁时，谒见元帝，获赐。他后来又研究那塘版《甘珠尔》和藏地经论，编撰了藏文《甘珠尔》经265函，被称为"蔡巴甘珠尔"。除此之外，贡嘎多吉撰有其他传记作品，诸如《莫朗多吉传》等。

《红史》于1346年开始编撰，成书于1363年，多种手抄本传世。东噶·洛桑赤列曾对国内外多种版本进行校勘。他校注的《红史》分为四个部分，第一部分记述印度古代王统与释迦世系；第二部分记述

刻在石头上的文献

了汉地历代皇帝事迹；第三部分记载了蒙古王统；第四部分内容最多，记载了吐蕃王统、萨迦与噶当等教派的源流、世系等。《红史》是一部著名的史学著作，其文学价值同样熠熠生辉。书中记述了"驴耳皇帝"的故事：武则天生下长着驴耳朵的皇子，觉得丢脸就派人将其杀死，但是一位吐蕃大臣保护了皇子，悄悄养了起来。女皇拟立族侄武三思为帝，试探大臣态度，并将那些反对的大臣全都杀掉。聪明的吐蕃大臣将计就计，抽出宝剑将武三思杀掉，声称自己是遵照女皇意思而为之，女皇也拿他没有办法。女皇驾崩以后，原来那位驴耳朵皇子被拥立为皇帝，称为"驴耳皇帝"。尽管与史实有出入，却极具故事性与趣味性。《红史》叙述的西夏王国形成故事，语言简洁明快，少华丽辞藻，情节离奇，是一个极富想象力的神话故事。《红史》是藏族历史上一部难得的史学价值与文学价值兼具的经典著作。

（二）《西藏王统记》

《西藏王统记》又译为《王统世系明鉴》，据说作者为西藏萨迦派大德索南坚赞，成书于1388年。该书内容涉及世界起因、人类诞生、佛祖弘法、吐蕃诸王及汉藏关系等，是一部融历史、宗教、哲学与文学为一体的经典之作。索南坚赞不仅是一位出色的史学大家，还是一位具有非凡艺术才华的散文家与诗人。在藏族历史文学中，《西藏王统记》称得上是一部经典之作。

索南坚赞不但善于史学叙事，而且也长于散文与诗歌创作，其文学天赋和诗性智慧在《西藏王统记》中得到了淋漓尽致的体现。关于人类的诞生，该书用生动传神的语言讲述了一

藏文版《西藏王统记》

个美丽动人的故事：

　　一个被观音菩萨点化的猕猴受比丘戒，派往雪域去静修。当他在一山洞中修菩提心时，一个岩罗刹女化身的美女来到身边，要求与它结为夫妻。猕猴执意不肯，岩罗刹女不罢休，花言巧语缠着猕猴唱道："我成罗刹命中定，见您欢心情欲生，整日不离您身影。我不与您结夫妻，罗刹之妻必将成。每日屠杀上千万，各晚吞噬众生灵。罗刹孩儿结成队，雪域变成罗刹城。所有生灵被吃尽，不如早日随我心。"猕猴拿不定主意：与岩罗刹女成婚就破了戒，否则就连累无辜。他请求观世音指点迷津，观世音告诉猕猴："你就做岩罗刹女的丈夫吧。"于是他们成婚，生下六道之子，秉性各异。雪域就出现了以猕猴为父、岩罗刹女为母的人类，随父者，性情温顺善良；随母者，阴险嫉妒。

　　除了一些极富浪漫色彩的神话故事以外，书中还记述了大量的民间传说。该书有一则叙述牧奴隆阿智斗支弓赞普的故事，以对比的手法勾画出支弓赞普的愚昧无知和牧奴隆阿的机智聪慧，语言委婉活泼，文字成熟。另外一则"七试迎亲使者"更是情节曲折、扣人心弦，赞扬了婚使噶尔的机智与聪慧。这个故事后来被多种艺术形式展现，或绘制成壁画，或改编为藏戏《文成公主》，成为歌颂汉藏团结的典范。

（三）《西藏王臣记》

　　《西藏王臣记》的作者是五世达赖喇嘛阿旺·罗桑嘉措（1617—1682）。阿旺·罗桑嘉措于1617年生于山南穷结的贵族家庭，世代为第斯王朝的家臣。6岁时，被认定为四世达赖喇嘛的转世灵童。其后，阿旺·罗

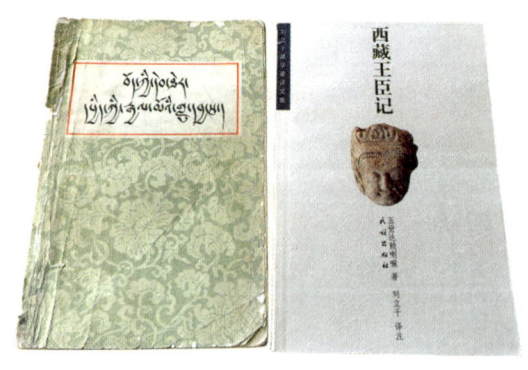

藏、汉文版《西藏王臣记》

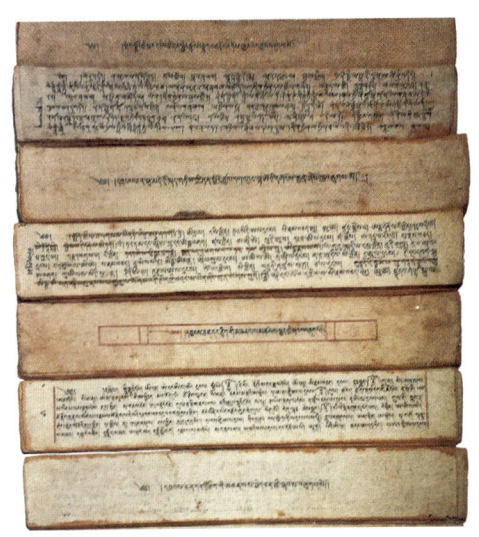

藏文声明学经典

桑嘉措受教于四世班禅、甘丹赤巴和昆顿·班觉伦珠，广读经论，习五明之学，他的丰富经历与博学为日后从事宗教活动与政治活动打下了坚实的基础。1652年，他亲赴北京觐见顺治皇帝，并获封"达赖喇嘛"。五世达赖喇嘛一生著述颇丰，既有宗教著作，也有文学作品等。

《西藏王臣记》成书于1643年，该书"略于古，详于今；略于教，详于政"，不同于以往的历史著作，其目的就是要证明"历代之昏暗，显当时之清明"。该书详细记载了上自松赞干布下至固始汗期间历代王朝，史料翔实，内容丰富，具有极高的史学价值，已经被译为英、法、日、俄、德等国文字。

该书不仅是一部经典史学著作，还是一部出色的文学作品。作者在记述历史人物和事件时，注重事件的故事性。该书记述了大量神话传说，有些与以往记述及民间传说版本有所不同。比如，关于松赞干布迎请文成公主一事，该书提及前往唐朝提亲的是松赞干布的化身，提亲的过程则有软硬兼施的成分。情节或人物的变异，也发生在六试婚使及纳囊氏抢夺金城公主之子等故事中。该书通篇采用了偈颂，并与散文相结合，以散文叙述原委，以偈颂抒发感情。行文古典简洁，用辞典雅华丽，在藏文史著中极为罕见，成为史学书写与文学表达完美结合的典范。

第四章

书面文学的基本类型与文本（下）

第一节　传记文学

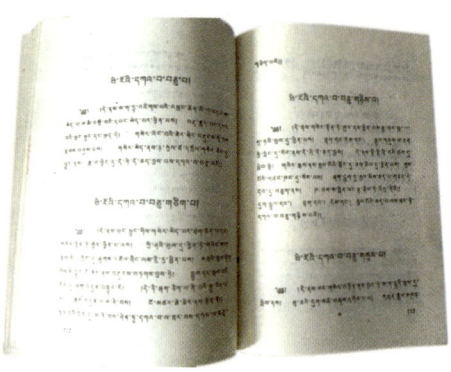

藏文版《毗卢遮那传记》

　　藏族传记文学的产生有其特殊的社会文化背景。佛教传入后，由于对经典的阐释存在差异，出现了不同的派别。这些派别为了传播教义、扩大影响，就为对本派发展作出重要贡献的宗教人士著书立传，于是出现了传记文学作品。这些高僧的传记多是其本人在闻、思、修等方面的体验，为后来者提供了一种成佛的正确路径。在藏语中，传记（rnam thar）意为"解脱"，与我们理解的一般意义上的人物传记无论在功能上还是涵义上都存在较大差异。藏族的高僧传记不仅对个人的宗教习得经验进行记录，对当时的社会风貌也有展示，多数传记作品具有较高的文学价值。传记文学在藏族文学史中占据很大的比例和极其重要的地位，据统计达上千种。这也是藏族文学的一个突出特点。

　　在众多的传记文学作品中，最为著名的是《米拉日巴传》《嘎丹嘉措传》和《夏嘎巴传》三部，被誉为藏族传记文学的三部曲。

《米拉日巴传》是一部影响深远的传记文学作品，为国内外的研究者所熟知，已经被译为英、法、日等国文字。这部作品是由雅号"后藏疯子"的噶举派高僧桑吉坚赞所著。米拉日巴家境原本殷实，7岁时父亲亡故，家产被远房伯父伯母窃取，他与母亲、妹妹孤苦伶仃，寄人篱下，受尽屈辱。为了取回家产，报仇雪恨，他外出学习咒术和降雹术，回来运用所学报了家仇，但也害死了不少生灵。米拉日巴深感自己罪孽深重，追悔莫及，于是又皈依佛教大师玛尔巴潜心学习佛法，以消除自己的罪孽。玛尔巴大师为了消除他的罪业，故意想出各种办法磨练他。米拉日巴虔信佛法，经受住了师傅的各种考验，最终修成正果。作者利用米拉日巴"苦修妙法""即身成佛"的故事，引导孤苦无助的人们通过遁迹山林、修习佛法来寻得人世的解脱。《米拉日巴传》也深刻揭露了当时社会的阴暗面，尤其是对个别宗教人士的伪善进行了无情鞭挞与嘲讽，书中写道："在真地的顶玛村，有一个名叫朵朴巴的大法师，他是一个格西，拥有矿产，势力强大。他对米拉尊者，表面做出恭敬的样子，内心却非常嫉妒。"

该传记小说在人物塑造上也非常成功。当米拉日巴15岁时，他的母亲向伯父伯母索要被侵吞家产时，伯父伯母齐声问道："你的财产？

藏文手书体《米拉日巴传》

89

它在哪里？当初米拉喜饶（米拉日巴的父亲）还健在的时候，是我们把黄金、松耳石、犏牛、黄牛、马和羊供给了他，是他临走前把财产交还给原主的。我们没见过你的一丁点儿金子，一捧青稞，一块酥油，一件衣服，怎么说起这样的话来了！他的遗书是谁给写的？是我养育了你们，没让你们这几个下贱货死于饥饿的刀锋，就够不错的了！就连这房子也是我的，你们母子给我滚出去！"他们打他和他的母亲。他的母亲哭着倒在地上打滚，口中喊道："孩子的爸爸米拉喜饶坚赞啊，你睁眼看看我们母子的命运吧！你不是说要注目于九泉之下吗？现在正是时候了呀！"语言就如街头里巷的对白，将伯夫伯母无端抵赖与胡搅蛮缠的形象特点鲜明地刻画出来。

《米拉日巴传》是散文体，穿插一些韵文歌词，语言通俗易懂，朴实生动。这部传记作品在思想上、艺术上都达到了新的高度，起到了承前启后的作用。

藏族文学史上另一部著名的传记文学作品是《噶丹嘉措传》，这是一部关于一世夏日仓活佛的文学作品，成书于活佛示寂后254年，由青海藏族作家吉迈且曲嘉措完成。根据传记记述，大师兄弟三人，皆为活佛，他们的父亲是明代青海隆务地区的一位头人。大师12岁时，他跟随兄长曲巴活佛前往拉萨参加祈愿大法会，在拉萨的几年时间里，跟随许多著名的上师，还曾先后晋见过五世达赖喇嘛与五世班禅喇嘛。后来，隆务寺改宗格鲁派，大师又建成了隆务寺显宗学院。大师主持隆务寺政的时候，正是该寺的鼎盛时期。30岁时，大师决定循着佛祖的脚印走进大自然进行苦修。大师为了修成正果远离尘嚣，但这没有影响他对社会的关注。在修行过程中，他不停思考社会现实问题。面对现实的苦难，他也拿不出济世良方，于是他更加执着于苦修。他表示："我的行动虽然并非打开百门而光明毕见之举，但也要是一帖征服这颗顽心的良方啊！"当他极度困惑时，他就用道歌述说自己的思想，这也许能够使他的苦闷得到些许宣泄。大师一生一直在苦修、参悟，试图为苍生找到一条解脱之道。71岁时，他向许多苦修僧分发他的物品和书籍，随后口吟道歌，让众随从唱和，并说了声"万事已毕"。他沐浴、穿戴后，几宵端坐不动，最后带着他一生难言的苦衷和作为佛教徒的纯真坐化而去。

18 世纪末至 19 世纪上半期，在青海出现了一位著名苦行高僧夏嘎巴，他为自己撰写了一部传记《夏嘎巴传》。夏嘎巴自小多才多艺，曾经依止嘉木样嘉措大师学习佛法，21 岁剃度出家，26 岁成游方僧人，开始了外出苦修生涯。在雪山旷野，"左顾无主，右盼无仆，住则无事，行则无遗"。漫漫红尘，什么都可以忘却，但他就是不能忘记自己的母亲，并写就《思母歌》。几年过去了，儿子归来时，母亲已经西去，他看到的是母亲的骨头。夏嘎巴伤痛欲绝，流着泪唱道："想见一次阿妈面，不是母面见骨面，我想啊，常把阿妈来思念！想好了宽心的话儿甜，要说给阿妈，可她升了天，我想啊，常把阿妈来思念。"作者愧疚于自己不能在病榻前尽为子之孝，用真挚的感情歌颂了伟大的母爱。

除了上述藏族传记文学三部曲，还有一些作品也具有独特的艺术风采，诸如《布顿大师传》《玛尔巴传》和《唐东杰布传》等。总之，藏族的传记文学作品不同于一般的传记，因为这些作品里有很多内容完全是想象出来的，有些事情甚至是违背逻辑的，掺杂了很多神话与传说，是一种基于历史真实的艺术加工。这些作品也不同于完全的文学作品，作品中的主人公确有其人，是个历史人物，传记有很多真实的内容，因而藏族传记文学作品是历史与文学的结合，是事实叙事与想象叙事的完美结合。藏族传记文学

藏文版《唐东杰布传》

的宗教说教性非常明显,有些传记为了增强说教效果还附有道歌。传记作品的主人公也多是其所属教派的大成就者,通过立传将他们塑造为修习典范,使该派教徒修习起来更直观、更易效仿。

第二节　伏藏文学

"伏藏"就是藏法的意思。据传,在吐蕃时期,有些王公将相或在宗教斗争中暂时失利的一方,会把一些著作埋藏在某些不易被人发现的地方,诸如神像下、屋柱下或岩洞中,期待日后有缘人将这些埋藏的作品发掘出来,再广传后世,这些埋藏的作品被称为"伏藏",而取出这些埋藏作品的人士被称为"掘藏师"。在伏藏作品中,最为著名的是相传由松赞干布所著的《玛尼全集》和《柱间遗教》、相传为莲花生所著《五部遗教》和《桑耶寺大事记》等。

(一)《玛尼全集》和《柱间遗教》

据传,《玛尼全集》是一部"伏藏"文集,由松赞干布口授,内容是关于吐蕃佛教、松赞干布本生传及教诫等。该书以第一人称即松赞干布的口气行文,因而该书又被称为《法王松赞干布全集》。该书是由释迦桑布和竺托吾珠二人分别从拉萨大昭寺的夜叉殿和马头金刚像脚下发掘出来的"伏藏"。《柱间遗教》是松赞干布的遗嘱之一,

藏文版《柱间遗教》

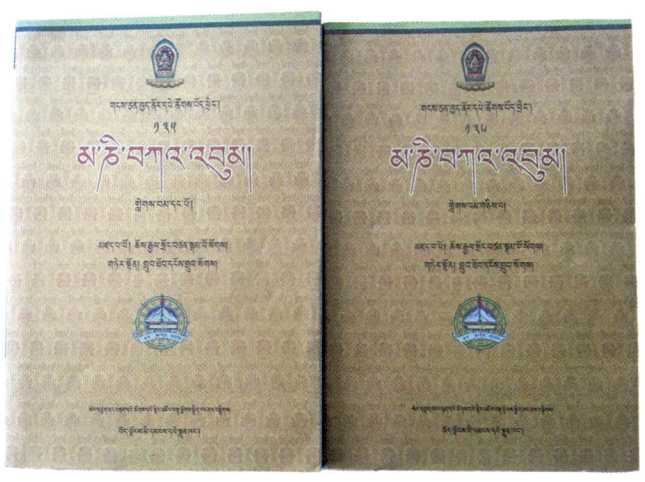

藏文版《玛尼全集》

是《玛尼全集》的一部分，但它独立成册。据记载，该书是尊者阿底峡得智慧仙女化身"拉萨疯婆子"指引，从拉萨大昭寺的瓶形柱中取出来的"伏藏"。从书的内容来看，该书大约是 11 至 13 世纪的作品，显然是伪托松赞干布之名，真实的作者可能就是"掘藏师"本人。

《玛尼全集》的内容十分庞杂，大多与宗教相关，但松赞干布的传说故事及"遗嘱"却具有较高的文学价值。《玛尼全集》与《杜间遗教》记述了很多藏族古代传说与神话，诸如神猴同岩罗刹女结合繁衍后代，十一面观音变化为马王菩萨救 500 商人出罗刹境，天神造释迦牟尼佛像等。在《柱间遗教》中，对聂赤赞普的身世、支弓赞普同属下比武被弑、拉脱脱日年赞得天降宝匣等都有较详细的记述，被认为是藏族最早记录古代神话、传说的一部文学作品。

其实，《玛尼全集》与《柱间遗教》对于同一个神话的记述也不尽相同。关于藏区起源神话，在《玛尼全集》中，神猴是观世音变化出来的，它同岩罗刹女生下 6 个小猴，这 6 个小猴是由六道投生而来，后来就繁衍成藏族最早的六氏族。《西藏王统记》与《贤者喜宴》均从此说。而《柱间遗教》则记述，这个猴子是《罗摩衍那》中的猴力士哈鲁曼达，是观世音的化身弟子，岩罗刹女只生下一个猴子，这个猴子后来又与其他猴子结合繁衍后代。书中还将聂赤赞普说成是释迦族的后裔，是天神下凡，这显然杂糅了佛教与苯教的说法。拉脱脱日年赞得天降宝匣的传说，显然受到了印度佛教神话传说的影响，是作者的一种艺术再加工。

关于松赞干布的传说是两部书的中心内容。以佛经故事的叙事手法，对松赞干布进行神化，把他描写成观世音菩萨的化身，能先知，会变幻。尽管佛教色彩浓厚，却极其浪漫。通过对其神化，既进一步树立了松赞干布的威望，也弘扬了宗教。这种写作手法为后世藏族学者与文人所效法。其对后来的传记文学、历史文学都有较大影响，也丰富了藏族文学艺术的宝库。

在《玛尼全集》的《对臣民的遗训》中，有大臣哀悼松赞干布的挽歌长诗 3 篇，以极其崇敬的心情历数松赞干布励精图治的丰功伟绩和弘扬佛法、教化藏民的无上功德。这些悼词运用夸张的手法，把松赞干布去世比作须弥山倒塌、太阳陨落，藏族人民自此失去依怙，就像断了头的人、失去眼睛的瞎子一般。作者以饱满的感情，大量运用比喻、夸张和排比等手法，浓墨重彩地渲染了失去明君的悲痛心情和思念明君的气氛。语言生动，感情自然真挚，具有强烈的艺术感染力。

这两部作品在写作上也很有特色，全书基本上是散文体，间杂少数韵文。文笔流畅，语言较为质朴，很少华丽的辞藻修饰。故事情节曲折，人物刻画细腻生动，如松赞干布的威严、神通，文成公主的聪明博识，尺尊公主的自大猜忌，大臣的足智多谋等，描写得有声有色，引人入胜。

（二）《五部遗教》

《五部遗教》记述了从赤松德赞起吐蕃王朝的历史，本书史料丰富珍贵，是一部有价值的研究西藏历史、宗教、文化的参考书。该书有较高的文学价值。据说作者是赤松德赞时期从印度请来的莲花生大师，但从内容判断，显然是假托之作。该书的真正作者应该是声称发现这一"伏藏"的宁玛派僧人雅杰乌坚岭巴。该书发现于 1285 年，

1292 年公布于世。

全书分为 5 篇，其中以《后妃篇》的文学情趣最浓。《后妃篇》共 22 章，主要讲述了赤松德赞的妃子才崩与毗卢遮那之间的恋爱纠葛故事。其他藏文书籍对这个故事也有记载，但只是将其作为佛苯斗争的注脚而已。而在本书《后妃篇》中，两人的纠葛已经完全演变为一种人性的斗争，通过对二人性格与价值观的微观描述来展现宏大的宗教主题，将玄奥高深的宗教说教与日常生活中的人性斗争结合起来。此外，《后

1986 年藏文版《五部遗教》

妃篇》的文体受到了佛教讲唱文学的影响，书中人物的对话和情节的叙述大量运用了韵文，从文学史的角度来看，这是一个很重要的突破和发展。

第三节　诗歌

诗歌是人类最早的文学形式之一，藏族人民自古具有诗性传统。远古至吐蕃王朝灭亡时期，被认为是藏族诗歌发展的最初阶段。这一时期的诗歌资料一般都来源于敦煌文献，主要有谚语、卜辞、赞普传略中的诗歌等。

汉、藏文版《敦煌
吐蕃历史文书考释》

谚语可以看作一种特殊形式的诗歌。敦煌写卷中发现的谚语称为"松巴谚语"，有40则之多，多涉及为人、处事与治家等内容。其中，关于为人处世的谚语："英雄胆气壮，不惧怕死亡；贤者智慧高，知识难不倒。"教育子女的谚语："儿子比父亲贤明，犹如火在草坪上蔓延；儿子比父亲恶劣，犹如血被水冲走。"这些谚语绝大多数是上下句式，两句之中，有全是直陈的，有全是比喻的，也有一喻一实的，直陈中含有比喻的，说理形象生动。

敦煌藏文写卷中，有份7至9世纪间的卜辞，其中比较完整的有30段。每段卜辞都包含两个部分，第一部分是诗歌体卜辞正文，第二部分是关于这首诗体卜辞应验什么的散文体解释。卜辞正文内容充实，语言优美；散文体部分却是吉凶祸福等的解说，文字比较简练清晰。在大多数卜辞中，诗歌正文与散文解说之间很难找到内在的联系。尽管这些卜辞是为宗教服务的，却也反映了当时的社会生活。这些卜辞内容广泛，有的反映牧业生活，有的描写青藏高原优美的自然风光，有的歌唱日、月、星辰。这些卜辞从格律上看，基本都是六音节句，结构整齐，艺术手法高超；行文善用比喻，写人状物生动活泼，富有形象性。比如，"啊！野鸭呢色黄碧，点缀呢翠湖绿；哈罗呢花丛生，装饰呢绿草坪；邦锦呢花灿灿，麝香呢把体健；美丽呢耀眼明，清香呢扑鼻浓。"此卜辞描绘了恬美淡然、充满生机的高原景貌，文学价值很高。

敦煌藏文写卷的赞普传略里大约有 20 多首"说唱体"诗歌，其内容包括君臣盟誓、相约投诚、征战胜利、赞将帅勇、投奔唐廷等。这些诗歌多涉及王臣的政治活动，可以总称为政治诗歌，在一定意义上具有"诗史"的特征，是了解当时社会历史的一面镜子。在《支弓赞普传略》中，有一首描述布代贡杰为父亲支弓赞普报仇，消灭了杀父仇人罗昂，找回父亲尸体并建坟安葬后唱道："亲人阿爸最亲，鸟儿太狂，死在枪尖上，兔子太狂，死在靴帮上，灭敌，修坟，猛兽无，毛也无！"短短几句，充分展示了布代贡杰为父报仇血恨、心满意得的心情。有些学者认为，这是有记载以来藏族最古老的两首诗歌之一。

据说，吞弥·桑布扎曾创作两首诗歌献给松赞干布。从格律来看，这两首诗显然是受到了古代印度修辞学著作《诗镜论》的影响，写作难度很大，被称作"难作定韵诗"，也被称为"年阿体"。这说明桑布扎在当时已经对《诗镜论》有相当研究。其中一首诗赞颂弥勒佛："容颜明亮而神采奕奕，教诫深奥而分别传继，恶业熏习全部被消除，不败弥勒纯净而高毅。"另外一首诗赞颂如来佛："释迦彻悟真理智，了难唯有禅定寂，克制愚昧圣怙主，三毒魔障全调伏。"

总体来看，这一时期的诗歌在格律上多属于六音节自由体或六音节多段回环体；在比喻的运用上，或是物物互喻，或是前段比喻，后段说明本意，技巧较为成熟；内容上，古朴清新，直抒情怀，或描绘牧民的质朴生活和牧野的美丽风光，或反映当时政治生活。这一时期的诗歌有些是民间歌谣，多与人们的生活紧密相联，

藏文版《诗镜论》

占卜辞与政治诗皆如此，颇有内地《诗经》风韵。

13 世纪前期，西藏出现了"年阿体"诗作，萨迦贡噶坚赞就曾用"年阿体"写诗。到了 13 世纪末期，《诗镜论》被翻译为藏文，"年阿体"诗的形式与写作方法被藏族广大僧侣学者所效仿，逐渐成为宗教文人的主要诗歌体裁。1346 年，蔡巴·贡噶多吉就以一首"年阿体"诗作为《红史》的开头，开启了宗教文人在著书立说时普遍使用"年阿体"为引的先河。黄教始祖宗喀巴不仅是一位宗教领袖，而且也是一位文学家。他也喜好此体，对修辞尤其讲究，堪称熟练运用"年阿体"进行诗歌创作的文学巨匠。他的《诗文散集》有 120 篇，内容主要涉及赞颂、祝愿与劝化等，其中赞颂诗最多，赞颂佛陀、菩萨、先贤与师尊。劝化诗则通过书信形式，运用诗歌体裁，宣扬佛教观点，劝化别人按佛教教义为人处事。这类诗歌多采用直陈手法，以说理为主。

用"年阿体"进行诗歌创作，需要很高的创作技法。宗喀巴的文学成就不仅表现在对诗律的熟练掌握与运用上，他对比喻的运用也极为精到。他灵活运用比喻来说理劝化，尤其善于运用大自然的景色作比喻来描写所咏对象。在宗喀巴大师的笔下，即使那些玄奥精深的佛教思想，读来也通俗易懂。宗喀巴的诗，既有诗律"错采镂金"的修辞之美，又有借物抒怀的清高淡雅。

古代藏族社会开放包容，不同类型的文化在这里碰撞出新的"火花"，实现了文化增值。随着藏族文学艺术的发展，有些人士已经不满足于诗文的原创写作，尝试根据域外的著名文学艺术作品进行本土化再创作，这充分体现了日渐成熟的藏族知识分子的文化自信。《罗摩衍那》是古代印度的叙事史诗，早在吐蕃时期就已经译成藏文，在此后一些藏族学者的作品中也或多或少出现过罗摩的故事。随着罗摩故事在藏区的流传，有些文人开始重新叙写和阐释这部古印度史诗。15 世纪以后，在藏区就出现了由宗喀巴大师的再传弟子象雄巴·曲旺扎巴（1404—1469）用藏文改写的《罗摩衍那颂赞》。这是以印度史诗《罗摩衍那》的主要故事情节为内容，运用《诗镜论》的修辞手法写成的藏文叙事诗。表现手法丰富多彩，修辞技巧运用娴熟，体现了作者较高的文学艺术素养。这部叙事诗的诗歌格律具有多样化特征，以七音节一句的格律为主，此外还有以九音节、十五音节、十九音节、二十三音节、二十九音节和三十一音节为一句的格律。

　　20 世纪，在青海同仁地区诞生了一位近代知名学者根敦群培。他的父亲是宁玛派密咒师。12 岁时，他进入格鲁派寺院学习佛法，后又到西藏、印度等地学习。他才情横溢，不仅佛法造诣精深，而且还长于诗歌创作，被推崇为西藏最伟大的现代诗人。根敦群培是一位具有现代思想意识的佛门奇僧。他的诗歌思想性很高。他极具反思性的思想为其赢得了盛名，也招致了灾难，因为质疑寺院教材的哲学立场而被逐出寺院。他用诗歌来发泄对部分不道德僧人的愤恨："我已离乡背井去他乡，只因几个多舌的扎巴，说什么我本性太狂妄，惹恼护法神将我逐放。你若是尊称职的护法，为何听凭歹徒们猖狂？让他们四处东游西荡，贩卖茶酒又倒腾牛羊。"随后，他来到圣城拉萨，进入哲蚌寺学习。由于他的离经叛道，他与他的老师——另一位近代藏族学者喜饶嘉措大师闹翻，大师称呼他为"疯子"。根敦群培一生漂泊，对一直陪伴他的亲友非常感激。他到拉萨几年后，一直陪伴他的堂兄在一次意外事故中身亡。他悲痛欲绝之下题诗："亲爱的童年朋友，照耀着我的半个心脏。当你那年轻的花朵盛开之时，我们的心灵之溪水交汇在一起。你现在可能在六道中的何处？"根敦群培后来到斯里兰卡等国游历，结交了不少国外学者，并帮助他们翻译了一些藏文经典。在印度期间，根敦群培拜访了印度文学家泰戈尔。根敦群培是一个愤世嫉俗、擅长揭露伪善的叛逆者，对那些自称是上师却为自己聚敛财富的人，极为不齿。根敦群培写了很多针砭时弊的诗文，他的诗作视角独特，语言质朴，令人深思。

　　1949 年新中国成立后，中国历史掀开了新的篇章。上世纪 50 年代，藏族社会发生了天翻地覆的变化，这一时期也涌现出了一大批诗人，他们通过诗歌赞颂新生的中国，毫不掩饰翻身做主人的喜悦心情，无论在内容上还是形式上都有了很大变化。其中最为著名的要数伊丹才让，他被誉为一位真正的"雪域诗人"。诗人早期创作的诗歌《党啊，我的阿妈》抒发了对中国共产党的感恩之情："党啊，我亲爱的母亲，儿子在阿妈的怀抱中长大……巨雷一声响，翻天覆地，党的剑劈碎了野兽的世界。"80年代，改革开放的春风吹遍了雪域高原，伊丹才让进入诗歌创作高峰期，出版了诗集《雪狮集》。

第四节　小说

到了十七、十八世纪，经过长期发展与积淀，民歌、诗歌、史传与话本小说等文学艺术形式有了很大的发展，这为长篇小说的产生奠定了基础。尤其要指出的是，传记文学作品对于长篇小说的产生影响最大。这一时期出现了两部著名的长篇小说：《勋努达美》和《郑宛达瓦》，这代表着藏族文学的发展迈上了一个新的台阶，是藏族文学史发展史上的一座里程碑，开启了藏族文学史上的"纯文学"时代。

藏文版《勋努达美》

《勋努达美》是藏族文学史上第一部长篇小说，是一部既有时代特征又有民族韵味的作品，作者是藏族作家次仁旺杰（1697—1764）。写就这部长篇小说时，他年仅23岁。《勋努达美》是他的处女作，甫一出手即令人瞩目。这部小说叙述了一个美丽的爱情故事。勋努达美王子为了迎娶另一邦国的公主益雯玛，历尽艰辛，最终"有情人终成眷属"。小说塑造的人物形象鲜明，主人公勋努达美勇敢、正义、慈悲，益雯玛美丽、聪明、坚贞。这部小说是一部现实主义作品，具有很高的思想性。作品鞭挞了封建包办婚姻，颂扬了恋爱自由。勋努达美为了获得心上人，并不一味依靠武力抢亲或逼婚等暴力手段，而是智取，这种处理方式不仅提升了小说情节的趣味性，还倡导了人道主义思想。小说的结局显然受到了佛教思想的影响，勋努达美放弃王位，最终成为一位宣扬佛法的宗教人士。由于这部长篇小说并不是为上层社会歌功颂德，而是倡导人性自由，这对当时社会具有很强的解构性，因而没有得到主流社会的青睐。它长期以来一直在民间以手抄本形式流传，在藏族知识青年群体中影响很大，被一致认为是一部思想有深度、艺术水准高的上乘之作。

《郑宛达瓦》是这一时期的另一部著名小说，作者是 18 世纪的一位活佛。故事大意是这样的：王子自小就虔信佛法，佞臣严谢想让自己的孩子拉尕阿纳做王子的侍臣，但是遭到两位大臣的反对，于是严谢就污蔑这两位大臣，国王不分青红皂白就将他们流放。后来严谢之子谋权篡位，并施计冒充王子，僭居王位。而王子却留在了丛林中为众鸟布道，后来在高僧的帮助下，将僭居王位的假王子赶走，请回了良臣。王子自己的修习成果也越来越高，终其一生为林中百鸟讲法，最终修成正果。这部小说情节较为曲折跌宕，颇具戏剧性，对代表善与恶的主要人物的刻画也较为成功。

从故事情节及思想内容上来看，这两部小说显然受到了佛本生经的影响，宣扬了佛教善有善报、恶有恶报的"因果报应"思想。

19 世纪时，出现了一些动物寓言体短篇小说，这是藏族文学史的一大特色。这些短篇小说以动物为主角，多采用辩论的形式来说理，或讽刺或暗喻，情节曲折，语言诙谐幽默，艺术风格独特。这些寓言体小说的代表性作品有《猴鸟故事》《牦牛、绵羊、山羊和猪的故事》

与《茶酒仙女》等。《猴鸟故事》流传很广，深受百姓喜欢：在一座山上，猴子、鸟类与野兽在山上各得其乐，和平相处。不久，平静的局面被几只入侵鸟类领地的顽皮猴子打破，双方为了争夺领地唇枪舌战，尽管没有战场的硝烟，紧张却丝毫不减。说理、耍泼、抵赖、妥协，语言诙谐幽默，情景栩栩如生。这个故事大量运用了比喻、格言和谚语，给文字增添了无限光彩。一般认为，这个寓言故事影射了藏族人民反击廓尔喀入侵的历史事件，具有现实主义情怀。这篇寓言小说推崇和平，摒弃暴力，体现了佛教所倡导的和平理念。

《牦牛、绵羊、山羊和猪的故事》是另一篇脍炙人口的寓言小说，作者是一位颇具艺术想象力的高僧。一位富人家里养了很多牛、猪、羊，一位喇嘛带着一些小扎巴前来化缘，主人把猪杀了作为供养，而喇嘛视而不见，毫无怜悯之心。第二天，先后来了一位咒师和一位隐士，主人要杀绵羊作为供养，于是牦牛与山羊就向面善的隐士求情，就绵羊的生死问题隐士与咒师之间展开了争论，最终咒师被隐士说服，改邪归正，主人也发誓以后再也不杀生。作者通过这部寓言小说揭露了一些喇嘛僧人的伪善，对他们的剥削行为进行了无情鞭挞。小说运用拟人手法，将不同动物的特征刻划得入木三分。

新中国成立以后至上世纪 80 年代，这一时期尽管也出现了一些中短篇小说，但名作较少，主导这一时期藏族文学的主要形式还是诗歌。80 年代初至 90 年代中期，藏族文坛涌现出一批优秀的中短篇小说，藏族作家群声名鹊起，他们在若干奖项中屡有斩获。小说家益西卓玛、意西泽仁与扎西达娃等就是其中的优秀代表。

益西卓玛是当代藏族文坛上第一个女作家，她的短篇小说《美与丑》曾荣获 1980 年全国优秀短篇小说奖。《美与丑》故事简单，却反映了在新的历史时期藏族社会变迁深层次问题，尤其是现代科学技术对藏族人民的传统思想所造成的冲击。此外，益西卓玛还创作了藏族当代第一部中篇小说《清晨》。《清晨》从一个小农奴的个人成长经历反映了共产党的恩情。

意西泽仁是一位多产的作家，屡获创作大奖，他的作品被译成日、英、法等文字。他是一位颇具影响力的当代藏族作家。他的小说集《大雁落脚的地方》被认为是当代第一部藏族小说集。他的作品《依姆琼琼》揭露了极"左"路线给草原牧民带来的巨大灾难。他借用依姆琼琼的眼睛发现"阳光穿破云层，开始把金色的光撒在了辽阔的草原上"，以此比喻党的十一届三中全会的方针政策就像穿破云层的金光一样照亮昏暗的草原，新的生活即将来临。他的《野牛》将历史与现实完美结合在一起，痛斥了极"左"路线给草原人民带来的巨大伤痛，具有魔幻现实主义色彩。

扎西达娃是当代藏族文学史上一颗耀眼的明星。他的作品重在对"新"的探求。题材要新，创作手法也要新。读他的作品总能让人回味无穷。他著作等身，多部作品被译为英、德、日、西等文字，在国外也有一定知名度。其代表作是《西藏，系在皮绳扣上的魂》和《隐秘，西藏岁月》。《西藏，系在皮绳扣上的魂》讲述两个虔诚的朝圣者塔贝和琼去寻找理想的净土香巴拉，最后塔贝死去，而琼则回归现实。《西藏，隐秘岁月》是用魔幻现实主义手法为藏民族编写的一部近代编年史。作者将神话与现实、宗教传统与风土民俗糅合在一起，创造了一幅似真似幻的略显神秘的藏族生活图景。这部小说里，作者将意象对比运用到了极致，将历史事件与人物命运紧密联系在一起，描绘了一个个落寞、停滞的场景：群山不再巍峨，就像趴在地上的懒土，老牛毫无生机，只是僵直地立着……这部作品开启了当代藏族文坛一种新的文学思潮，即魔幻现实主义。一些藏族作家后来纷纷加入到这个队伍中来。

藏族当代中短篇小说关注的往往是新中国成立以后的题材，而长篇小说更多关注藏区解放前后的题材。《格桑梅朵》是当代藏族第一部长篇小说，作者降边嘉措用 20 余年功力写就。小说讲述了这样一个故事：一支解放军小分队奉命来到了帮锦庄园，他们发动群众与上层反动分子作斗争，最终顺利完成了组织交给的任务。这是一部现实主义作品，其内容与形式均具有鲜明的民族特色。

这一时期，还有作家试图以文学的视角重述历史，最为成功的作品当属丹珠昂奔的《吐蕃史演义》。这部作品叙述了从第一代聂赤赞普到末代赞普朗达玛之间 1000 余年的历史，每个故事单独一章，共 46 章。该作品展示了特定历史时期的特殊历史画面，尤其是对松赞干布着墨甚多，对他的雄韬伟略与慧眼识才进行了细致描写，给读者留下了深刻印象。

作家阿来

当代藏族长篇小说尽管起步较晚，但从一开始就展示出了足可傲人的成绩。就在长篇小说起步后十几年，阿来的《尘埃落定》就获得了 2000 年的茅盾文学奖，引起中外文坛的极大关注，瞬间激起了一股"藏族文化热"，至今不衰。《尘埃落定》讲述了这样一个故事：

阿来作品书影

在藏东地区，有一个受清朝皇帝册封的麦其土司，生了一个傻儿子。这个傻儿子只是看上去傻，他做事总能跟得上时代节拍，大智若愚。在尔虞我诈、弱肉强食的土司战争中，就是这样一个"傻子"，常能立于不败之地。傻子不傻，令人啧啧称奇。"傻子"土司最终还是湮没在土司征战的炮火中，这也宣告了土司制度的灰飞烟灭。小说向我们展示了一幅极具地方特色与民族风情的雪域文化图景，使人们对神秘的藏族文化有了更为直观的了解。阿来是一位颇具创新意识的作家，善于将民族叙事与国际文学思潮相结合。阿来还参与了世界"重述神话"的出版工程，他运用魔幻现实主义写作手法对藏族英雄史诗《格萨尔王传》进行了重新阐释，并改写为小说。他说："重述的本质就是要把神话的东西具象化。"他的作品使古老神秘的《格萨尔》史诗颇具现代风格，契合了当代受众的审美需求，扩大了《格萨尔》史诗在世界范围的进一步传播，该作已被译为英、德、法、意、日、韩等多国语言，在全球数十个国家陆续出版，被誉为"一部能够读懂藏族人眼神的作品"。

第五节 书信集

书信集是指通过应用文形式撰写的集子。代表作有《五世达赖书信集》《格登洛桑书信集》和《晋美旺波书信集》等。书信集的行文方式有两种：诗歌和散文。但它与真正的诗歌、散文创作又不一样。在表述时，展开想象的翅膀，对一件事要说得婉约雅致。

（一）《五世达赖书信集》

《五世达赖书信集》收录的是五世达赖向清朝政府和西藏政府发出的书信精品，字里行间充满了五世达赖对政教事业的热忱，展现了五世达赖渊博的学说、深邃的思想。本书具有很高的文学价值和历史价值。

五世达赖的文章既有王者的风度，又有学者的风范，文风有时气势磅礴，有时钟灵毓秀，行文间往往包含深厚的爱国爱教之情，但也有部分篇章流韵绮靡，浮华藻饰，影响了读者对作品的阅读。

（二）《格登洛桑书信集》

格登洛桑 (1881—1944) 又名云曾、洛桑华丹，小名叫白玛扎西。12 岁拜夏玛尔·格登丹增嘉措大师学习显密佛法的灌顶和教诫。56 岁完成《答辩·水轮》《金花传》等著作。他一生培养学生千余名，学生中成名成家者众多。

《格登洛桑书信集》收集了作者一生中与同窗好友、名人雅士和高僧大德之间的信函精品，这些书信也能反映出格登洛桑本人对人生、社会、哲学和历史的独到看法。书信言词委婉动人，内涵深刻。他的诗兼收并蓄，词藻华丽。诗歌表现形式一般为九言、十一言等，诗句较长，但毫无繁赘之嫌。间或用散文表述，散韵相济。

（三）《晋美旺波书信集》

《晋美旺波书信集》内容包括作者写给六世班禅罗桑贝丹益西、清代国师三世章嘉，以及若必多杰、赤钦·格登彭措、土观二世等上师的书信，书札大多用格律诗写成。以下是他写给章嘉仁波切大师的一封信函：

> 发愿胜过其他佛，
> 完美无缺菩提心，
> 边陲度人无匹敌，
> 诚为无欺归依处。
>
> 相好坛城如月韵，
> 反复照耀心欲海，
> 信波荡漾书鹤声，
> 在此鼓噪请垂顾。

金山中间须弥伟，
群星之中月独尊，
浊世持教千百万，
惟有圣人无可比。

遥远东方青峰巅，
如月双足立上方，
放射利他万千光，
培育弟子睡莲康？

无以计数箴言筐，
归根到底远离衰，
常人眼中不染尘，
根绝灾难安无恙？

不遗余力勤政教，
昊天罔极平等界，
不弃我这小庶民，
垂爱教诲甚欣慰！
……

其风格飘逸、婉约，是不可多得的诗文善本。

第五章

介于口头与书面
之间的文类

第一节　道歌

　　道歌是那些修为极深的出家高僧对生命、命运和世俗生活的深刻感悟。它们原本是以口头方式带着韵律的演唱，后被其弟子集结成文字流传下来。道歌具有通俗易懂、生动形象的口语化特征。内容上包含佛学义理，可归为"介于口头与书面之间的文类"。

　　道歌本质上讲是一种特殊的诗歌，是藏族传统诗歌的一个重要流派，它的内容主要与宗教传经布道有关，因而被称为道歌。道歌的产生与藏区特殊的人文宗教传统有很大关系。藏传佛教各派为了更好宣扬自己派别的观点，纷纷推出了自己的始祖，将他们塑造成为身体力行、实践成佛的典范，以利于信徒效仿。藏传佛教教义深奥，对于那些根本就没有接受过教育的底层百姓来说，要理解教派的思想精髓实在是一件难事。于是，一些高僧大德便通过民众喜闻乐见的民歌形式来传播宗教理念，这样大大降低了接受门槛，极大地推动了教派思想的传播。这些宗教责任感极强的高僧大德担心经过改编的民歌也有可能被误读，为了使教派思想能够真正被底层百姓所理解，他们就在每一首道歌的后面再配一个场景说明，也就是一个故事，这样就形成了一个完整的道歌集。这样做的最大的方便是，在什么样的情况下要运用什么样的佛教教义极为清晰。对信徒来讲，完全可以通过诵读道歌自悟佛法。

　　在藏族历史上，最为著名的道歌要数《米拉日巴道歌》。米拉日巴是藏传佛教噶举派大师，他一生经历坎坷，最终还是在上师玛尔巴的指引下修得正果。这部道歌集的作者是米拉日巴，但是被信徒记录下来结集成书已是米拉日巴示寂 300 余年以后的事了。这部道歌集总共有 400 余首。在每首道歌的后面附有一个小故事，交代本首道歌的来龙去脉，大大提升了道歌的故事性与趣味性。

米拉日巴自小受尽欺凌，生活悲惨，对现实生活体悟极深，但他并没有试图在实践层面采取行之有效的方式去改变这一切，而是从认知层面根本改变了看待具象世界的人生态度。米拉日巴参悟了人生，认为人生生苦无尽，并奉劝人们只有去寂静处修行才是根本。他歌曰："哎呀，青春年华乃幻饰。今生无常如梦虚。一旦阎王到来时，财主不能用钱赎，英雄宝剑无砍处，怯者也难作狐逃，临到此时实堪惧，念此我才寂处住。"他还认为，人出生就迈入了苦海，如何脱苦唯有修行："……细细脐带被剪断，恰似弄断脉根般。躺时卧具是襁褓，就像困住丢地牢。若还不悟空性义，生苦无尽受煎熬。佛法圣意死时需，如果延误缘分离，故应奋力勤修习！"他对统治阶级残暴压榨老百姓的恶劣行径也进行了无情揭露："再没有比狗更饥饿贪吃的，再没有

俄罗斯圣彼得堡冬宫藏米拉日巴唐卡

比官更无耻可怕的。"对个别僧人不专心修习、不守戒律、欺世盗名的贪婪本性也进行了无情鞭挞，歌曰："圣法戒律是道旁疯尸吗？无论是谁也不持守！法垫之上有针刺吗？高僧大德不肯稳坐！严修律法无意义吗？诸僧徒众不守律法！山林深处有盗贼吗？诸修行者常游村镇！中阴之处减容颜吗？众女弟子锐意打扮！"他对劳动人民的苦难深表同情，尤其是对地位低下的劳动妇女极为怜悯："吃的喝的冷又脏，身

穿褴褛破衣裳，睡铺破皮毛全光，三种滋味你要尝，你是人跨狗越的'得道娘'。"现实世界令米拉日巴极为失望，强者恃强凌弱，弱者孤苦无依，何处才是天日！他毫不犹豫地走向了与世隔绝的大自然。这是另一个世界，静谧恬然，在这里可以静修参悟，在这个绝少有人打扰的寂处，最容易闪现终极的灵光。他的凄苦灵魂在自然

"米拉日巴吟唱道歌"唐卡

中得到了暂时的歇息与宽慰，并陶然于中，他认为这就是济世良方，相较于尔虞我诈的红尘，自然的别样景致就是他努力追寻的静妙天国！大自然给了他绝对的灵感，让他看到了人世的希望，进而迸发出诗人般的智慧，他毫不吝啬地用最好的辞藻来讴歌大自然。在红尘之外美妙的"世外桃源"，正是他要追寻的世界！大自然给了他希望，他要与大自然融为一体，而且还要引导他的信徒吟唱着他的道歌来到这个无苦的世界。

米拉日巴的道歌不仅内容丰富，诗学成就也很高。他大量汲取民歌、谚语等民间资源，并将之运用到自己的道歌创作中来。从宗教传播的角度来看，这是一个绝佳的方案。从此，那些文化水平不高的大众百姓，能够从他们耳熟能详的民歌中听出道理、听出希望、悟出人生真谛，这实在是佛教传播史上一件了不起的创举。比如，日月、岩峰、花儿、蜜蜂、金眼鱼等这些日常词汇都出现在他的道歌中，将玄奥的宗教教义重新阐释为世间万物，极大拉近了世俗与神圣的距离，神圣就是生活。更为有意思的是，他的道歌还大胆套用民歌范式，填充宗教词语，来宣扬宗教教义。他歌曰："要说酿酒的方法，'身语意'灶石先支下。

在那空性铜锅里，放进'信仰'青稞粒，再倒'正念慈悲'水，烧起大火是'智慧'……"乍一听，这不就是《格萨尔王传》里面的"酒赞"吗？完全套用了民歌的框架，只是移进了更多的宗教术语而已。显然，作为一名宗教人士，米拉日巴堪称大成就者；作为一位诗人，他的成就同样光彩夺目。

17世纪，仓央嘉措的道歌着实为藏族诗歌艺术带来了一股清新的风气。仓央嘉措1683年诞生于西藏门隅地方，他的家庭信奉红教。红教是一种世俗化程度很高的宗教，仓央嘉措的早年生活无拘无束、天真烂漫。在他15岁时，被选为第五世达赖喇嘛的转世灵童，这预示着他应该做另外一个自己。作为一名宗教领袖，他需要恪守最为严格的黄教教律，这显然与他的既往经历格格不入，他一直有一种冲破藩篱的冲动。仓央嘉措被架上了神堂，万众瞩目，备受崇敬，他一直在一种矛盾的状态中生活。白天是宗教领袖，晚上就是他自己。他说："看门的老黄狗，你心儿比人还乖。别说我夜里出去了，别说我早上才回来。"他向往情爱，"从那东方山顶，升起皎洁白月。青春少女面容，浮现在我心上"。他为情所牵绊："野马再难驯服，一根绳索就可以拢住。情人若是变心，神力也拉她不住。"但他的身份注定这只是一场梦。"海誓山盟的情人，嫁给了别人为妻，我愁肠百结相思成灾，为她憔悴几乎委地成尘。"情人嫁为人妻，不久就可欢声笑语，留下委屈、落寞的痴情人独受情苦。仓央嘉措的语言质朴无华，却清新亮丽，不失丰润之感。尽管内容多言及女性，但绝无绮丽柔靡之感。他的诗歌让人感觉到若即若离，就像仙女的飘带一样永远牵着天上与人间。仓央嘉措身份的特殊性赋予他的道歌极大的阐释空间。有人认为他的道歌就是情诗，还有的人认为是宗教道歌。说是道歌，但他的作品少有直白的说教；说是情诗，但他的作品里却闪烁着佛光。他的诗就如同他的人一样，是一个令人着迷的"谜"。

他的行为、他的诗情，都不啻是对传统的挑战。最终他未能带来新的时尚，也未能改变传统。尽管这种挑战是在一种静悄悄的状态下进行的，然而还是触动了臣属的神经。仓央嘉措的生命之花凋谢得如此神秘、如此突然，留下了诸多困惑。尽管仓央嘉措生命短暂，但他那永远无法阐释清楚的诗作延续了他的生命。他自由奔放的诗作，为其赢得"人之灵杰"的美誉。

　　17 世纪，在青海地区出现了一位名叫噶丹嘉措的高僧，他的道歌具有现实主义倾向，然而他却是位超凡脱俗的理想主义者。噶丹嘉措心性高洁，他不屑于世俗的功名利禄。他的淡然为漫漫红尘带来了几许清新。61 岁时，有信徒向他供施，他当即作歌道："我不是希求金银的喇嘛，金银虽贵终究要离散；我不是希求骏马的行者，骏马再好终究要离散。"噶丹嘉措自小生活无忧，但他却对悲苦的劳动人民怀有深厚的感情。噶丹嘉措的道歌汲取了民间文化的精髓，不仅思想性强，而且语言流畅，用最朴实的语言讲述了玄奥高深的佛教义理。

第二节　格言

　　藏族格言诗歌藏语叫"勒协"，意为优美的语言。格言诗歌是藏族文学艺术宝库中一颗璀璨的明珠，形式短小精悍，但说理透彻，回味无穷。在灿若星辰的藏族格言诗歌中，13 世纪的《萨迦格言》乃开篇之作。它的作者是 13 世纪藏族佛学大师萨迦·班智达（1182—1251），别名贡噶坚赞，他不仅是一位著名的宗教领袖，而且还是具有远见卓识的政治家，为民族团结、祖国统一作出了巨大贡献。

　　贡噶坚赞出生于西藏的名门望族昆氏家族，自小聪慧、博学，通晓五明，被称为萨迦班钦。他是位开明的高级僧侣，由于其思想适应了时代发展的需要，因而被时人视为"菩萨化身"。他一生著述颇丰，

藏文古籍《萨迦格言》

后人整理为《萨迦全集》。其中《萨迦格言》流传广泛。《萨迦格言》之所以能够穿越历史长久散发馨香，是因为每一句格言都阐释深刻的人生哲理，发人深省。作者对世事的体悟都体现在他的格言诗歌中。

在社会治理理念上，他极力反对"王政"，主张"教政"。他认为"王政"的弊端是缺乏足够的道德约束，极容易滋生暴政，而且很难保证那些真正有能力的人成为国王。那社会应该由什么人来治理呢？他说："国王应遵佛法卫国护众生，不然就是国政衰败的象征；如果太阳不能消除黑暗，那是发生日蚀的象征。"要确保"王政"不致沦落为暴政，别无他法，唯有令国王崇信佛法才能实行"仁政"，佛法为"王政"划定了底线。王崇力，教及心，王与教的结合，犹如为肉体注入灵魂，这样的君主实乃百姓之福泽。贡嘎坚赞治理社会的思路很明确，那就是实行"王政"与"教政"的结合，唯有实行政教合一才能保证"仁政"的实行。贡噶坚赞主张的"仁政"到底是什么样子呢？他的格言曰："经常以仁慈护佑属下的君主，很容易得到奴隶与臣仆；莲花盛开的碧绿湖泊里，虽不召唤，天鹅自然会飞来。"贡噶坚赞试图以佛教教义来弥补"王政"的弊端，这种解决社会矛盾的思路，在当时具有积极意义。为什么要施行"仁政"呢？"即使是秉性极为善良的人，若总欺凌他也会生报复心；檀香木虽然性属清凉，若用刀钻磨也燃烧发光。"贡噶坚赞看到，在社会矛盾极为尖锐的情况下，官逼民反的社会风险。"对不驯服的众生发慈悲，制服他们只能用暴烈行为；希望对自身有益的人们，都用针灸来消除病危。"显然，贡噶坚赞所主张的"仁政"是为了上层阶级的统治。

对于社会治理，贡噶坚赞还提出了一些具体做法，比如他主张轻徭赋以减轻劳动人民的负担："君长收税要循合理途径，不要过分伤害众百姓……由于税民多，即使不极力收敛，国王宝库也会一点点积满。"他强调税收制度要合理，不能收取太多，不可竭泽而渔，只有这样才能维持民贫地瘠的青藏高原的持续发展。

贡噶坚赞毕竟是一位宗教领袖，他没有忘记自己的宗教职责，借助格言诗宣扬宗教思想："一根杆上生长的草，被风吹散各自东西；正像一起降生的人，命运不同分出高低。""哪个有情和哪个有联系，全是前生宿业所注定的。请看鹫鹰要背负土拨鼠，水獭要向猫头鹰献供物。"人与人，命不同，人不同命争；有人当老爷，有人当奴仆，全是命中注定，谁也争不了谁的，宿命色彩浓厚。

贡噶坚赞的格言诗歌，除了讨论宗教与政治问题以外，也涉及个人的修养与为人处世。贡噶坚赞是一位满腹经纶的大学者，他用自己的经验告诉人们什么是正确的学习态度："愚人以学习为羞耻，学者以不学为羞耻，因此学者即使年老，也为来生学习知识。"在贡噶坚赞看来，学习就是修行，学习是一种态度，一种人生观，活到老，学到老，很多高僧大德正是如此度过自己的一生。具体怎么学呢？大师也给出了自己的建议："学者学习的时候受苦，若处安乐哪能博通古今。

贪图微小安乐的人，不可能获得大的幸福。"学习不是一件轻松的事情，没有"苦其心志，劳其筋骨，饿其体肤，空乏其身"的精神，是绝难成功的。在学习过程中，他提倡不耻下问："格言即使出自小孩，学者也要全部学来。虽然是野兽的肚脐，也要从那里把麝香割取。"学问与年龄、地位没有任何关系，做学问不能满足于现状，要孜孜以求。贡噶坚赞反对学习上的惰性行为，学习是一种修行，不能自认缺少慧根就自我放弃，要"笨鸟先飞"："以没有智慧为借口，愚者不把知识习来。其实正因为没有智慧，愚者才更要勤奋百倍！"此外，贡噶坚赞的道歌内容上还涉及如何处世等问题。

贡噶坚赞的格言尽管极力地弘扬佛教思想，但他不同于那些彻底的出世者。面对社会问题，完全出世者除了提出隐修以外再没有更好的解决途径，而贡噶坚赞却不同，他不仅承认问题，而且还预见问题，更给出了一些积极入世的疗世良方，难能可贵。贡噶坚赞的文学成就是多方面的，其中，他将印度著名诗学论著《诗镜论》介绍到西藏，对后世的文学创作影响深远。

《甘丹格言》是藏族文学史上另一部有名的格言诗集，作者是三世达赖喇嘛索南嘉措的老师索南扎巴，他一生著作等身，使其留名青史的是这部格言诗集。

索南扎巴按照佛教的标准将天下人分为"智者"与"愚者"两类，所有的行为都可以归为"智"与"愚"。什么样的人是智者，什么样的人是愚人呢？索南扎巴如此阐释他的智愚观："所谓智者是何意思？就是精通僧俗法理，如同佛言'世有二规'，愚者也有这些东西。不论今生或者来世，智者都能得到善果；愚者今生或者来世，总是逐次遭到毁灭。智愚二者之别，如同大山之于微尘，如同大海之于小池，如同天空之于掌心。"索南扎巴用佛教的价值观来界定智与愚，而且在智与愚和善与恶两组概念之间建立起内在联系，最终的结果就是智有善报、愚有恶报。智者应该具备什么样的人格特征呢？索南扎巴认为智者不仅要勤奋、谦虚，还应该心胸宽广、言而有信："智者求习学问时，虽苦也忍耐坚持；请看下海虽艰难，取回宝贝心欢喜！愚者好逸又懒惰，不学怎把知识获？请看不务商与农，这种人家多贫穷！"他认为，智者还应该是谦虚的，骄傲自满是愚蠢者的表现："智者量大不声响，恰恰表示深而广；请看海水缓缓流，它的深度难测量。愚者自满到处讲，正好表明识不广；请看小溪喧声大，溪底深浅极易量。"智者在做事情上要心胸宽广，劲往一块使，方能成功："智者开始同心同德，将来不会离心离德。请看猴王爱护众猴，永远悉心关照生活。愚者开始心投意合，为点小事各自散伙。请看狮子以友为敌，这种行为何等丑恶。"索南扎巴也主张诚信："智者因为言必有信，所以大家对他放心，立志救护被烧小孩，熊熊烈火也要冲进。愚者言而无信，倒霉之事很快降临。请看以火吓人之王，花园之中自身被焚。"他还认为智者要洁身自好、不能贪恋钱财："智者不重美衣食，而以美誉为光荣；请看英雄不他求，专要战场得胜利。愚者特别轻美名，稍有财产以为荣；请看偷窃抢劫者，总以衣饰显美容。"

《甘丹格言》将所有行为均归为智与愚两类，这或许会存在语义内涵与外延的偏差，但是这种语义两分法，却大大降低了认知成本，对于文化水平不高的广大信众来说很容易理解与效仿。

到了清朝中期，在甘肃安多地区又出现了一位佛教大师贡唐·丹白准美，他曾经担任藏传佛教六大寺院之一的拉卜楞寺法台，是位学术造诣很高的大学者，在医学、历算、诗学等领域成就卓越。《水树格言》是他的格言诗集，如其他著名佛教格言诗一样，也涉及佛法信仰与世俗生活两大主题，劝喻人们信仰佛法，并依照佛教价值观来规范社会及个人的行为。

世间万象，什么才是终极价值，这是任何一个佛教修习者首先要解决的认识问题，这是信仰佛教的前提。丹白准美曰："在这五光十色的轮回里，一切事物都没有意义；那鲜嫩的芭蕉干，从头到尾都'不实在'。"世间万物就是幻象而已，就如芭蕉干，看似鲜嫩，但除了这它还有什么呢！如果人整天沉溺于这些看似"鲜嫩"的幻象世界，浸润越深，就越难解脱！人生在世，宛若苦海，何以得脱，唯奉"三宝"，丹白准美曰："能护佑众生脱离巨大恐惧，没有别人，只有'三宝'无欺；一切被水浪所冲走的，只有船师能将之捞救起。"大师劝导世人要诸恶莫做，多行善事："毒苗长出毒草花，药苗长药不会差；做了善事得善报，恶有恶报逃不掉！"作品用简单的事物阐释了佛教的因果报应思想。

　　大师无意成为一位远离尘嚣的修行者，他还关注世俗社会的治理问题。大师不满意世俗统治者的所作所为，《水树格言》对上层阶级的批判与揭露不留情面："坏国王抢光了百姓的财富，他却仍然觉得饥饿和困苦；火山虽然喝了大海的水，但大火还是在熊熊燃烧……对坏首领虽然经常敬奉，一离了贿赂他就更凶；昼夜煮水时间不管多长，一离开火马上就会变凉。"作品形象地刻画了世俗统治者的贪婪与无耻。为什么这些世俗统治者会如此欲壑难填，原因在于他们缺乏正确处理君与民关系的认识。他警告这些世俗统治者："压榨臣民的残暴昏君，总有一天仆人也不依顺；棍棒猛劲抽打豌豆堆，一粒豌豆也不粘附棒棍。假如臣民不肯敬奉，大王又有什么威风；假如柱子不撑大梁，国王宫殿怎能修成？这样的国王怎么当？柱子如果不把梁撑，国王的宫殿怎建成？"国王之所以是国王，是命中注定，但如果国王得不到臣民的敬仰，这样的国王最终也会被命运所抛弃。大师在提醒这些世俗统治者，水能载舟，亦能覆舟，告诫王者要学会体恤人民。他还告诫世俗统治者要远小人，亲贤臣："贤君面前奸臣当权，其他忠臣谁肯近前；檀香树上毒蛇盘绕，谁也不敢再来依恋。"

　　丹白准美认为，大凡那些勤奋谦虚之人都是"贤人"。大师自己就是一位孜孜以求的大学者，他结合自己的学习经历劝人们要勤奋学习，争做贤者："如果经常勤奋努力，学识定然渊博无比；根子若是常吸水分，枝头果实成熟无疑。"他主张，业精于勤荒于嬉，勤奋努力，持之以恒，方能成就。"贤人"不光要业精于勤，还要谦虚勿傲："贤者虽然通晓全部学问，但不傲慢仍然和蔼可亲；由于累累果实的重压，果树枝头总是低低垂下。"勤奋与谦虚，是大学者必备的素质，缺一不可。

大师的格言诗歌大量运用了比喻等文学手法，将玄奥的宗教思想用通俗的语言、可见的形象比喻表述了出来。丹白准美喜用与水和树有关系的比喻来阐释深奥的佛教思想与为人处事的原则。与水有关系的词语有雨水、凉水、雾气、水滴、池塘、海洋、江河等；与树有关系的，主要有柱子、檀香、藤萝、柳絮、森林、荆棘等。绝大多数比喻都恰如其分，能够很好地阐明道理，其语言风格在藏族文学史上独树一帜。

第三节　训诫

训诫，是藏族文学的另一种别具民族特色的文学形式。藏族文学史上最为著名的训诫当推《卡切帕鲁训诫》，全名《卡切帕鲁世俗业果计算法的训诫》。正如书的名字，《训诫》通篇用佛教因果报应的思想来警示、教导人们规范自己的言行，甫一问世，就在藏区社会流行开来，成为民间流行的通俗启蒙读物。

有意思的是，虽说是训诫，但至今我们不清楚是谁在训诫，书的作者至今还是个谜，只能按照书名来推测作者的有关信息。"卡切"意为"回民"的意思，的确书中也出现过伊斯兰教真主"胡大"的用词，这本书很可能是由回民帕鲁撰写，但是从全书的内容来看，这本书自始至终都是在谈佛教的应果报应，并以此告诫人们要谨言慎行。令人困惑的是，一位回族作者怎么会对佛教教义了如指掌，而且还会写出如此深刻的佛教训诫？有人认为《训诫》的真正作者或许是七世班禅大师丹白尼玛，但文中有母亲如何教育子女的细节描写，这又同班禅大师的身份不相符。也有人认为，由于班禅大师与后藏日喀则地区的回族民众很熟悉，于是就采用回族的语词来撰写这部具有佛教色彩的《训诫》。这种说法颇有穿凿之嫌。

《训诫》总共612句，分为12章，通篇贯穿着佛教因果报应的思想，涉及国王施政、个人修养、子女教育以及人们日常生活的方方面面。

《训诫》为当政者出谋划策，告诫他们要"合法"，这是为政者的根本。《训诫》曰："君王是那国家的美饰，合于法就有江山权势，法能镇住就一切如意，法典具备就美满幸福。"作者强调"依法"，具有非常积极的意义，这相当于为上层阶级的统治活动画了一个"圈"，使他们不能为所欲为，在一定程度也保护了广大人民的利益。为政者不仅要守所谓的"法"，还要讲究恩威并施，《训诫》曰："官民犹如病人和大夫，针刺之后再把疮药敷，斥责发怒之后要慰抚。"一个好的为政者还要善于用人，《训诫》曰："委派人才要用其所长，木匠虽巧不能做画师，豺狼再好不能当牧童，派那有业报者去做官，羊儿就会落入狼口中。"《训诫》还警告为政者要勤于政事，不要沉于宴乐："国王若像奶酪般安卧，地方如血骚动也不知；牧童若是沉迷于茶酒，羊儿一定会被狼叼去。"

《训诫》还告诫人们要节制贪欲，生活要严谨，恪守本分，这样的人方能称为"贤士"："控制野马贪欲心，缰绳必须要勒紧。各个方面要克己，时时处处有分寸。起居言行要克制，享乐受苦守本分。美食佳衣有限度，才算出类拔萃人。"《训诫》无情批判了那些贪欲十足的无耻之人，曰："懂得为人处世的老人，胜过百个贪心修法者，自私贪心的人无羞耻，无羞耻的人就是畜生。"节制欲望者是"出类拔萃之人"。《训诫》同样倡导命中注定的佛教思想，将命中注定的逻辑上升为"天理"，"不满足于注定的命运，自找苦吃是毫无意义。"

其实，《训诫》中最为闪光的是其关于家庭教育的内容。《训诫》极其反对家长娇宠孩子，曰："孩子小时坐在母亲头上，娇生惯养都是母亲惯的，胡吃乱吃是母亲给的，互穿乱穿是母亲给的。小时被母亲娇惯的孩子，惯坏后母亲也管不住。"那应该如何来教育子女呢？《训诚》曰："要经常把利弊来指点，要经常把好坏说分明，做好事就要赞扬、奖励，做坏事就要指出、责打。""偷了东西之时责打好，说了谎话之时训斥好，偷鸡蛋时若不给点厉害，偷了母鸡还会把马盗。"针对不同错误，教给了不同的教育办法，有时需要言教，有时需要棍教，小错不改终究会酿成大祸，极具警示性。父母为子女成长操碎了心，作为子女应该孝敬父母，《训诫》曰："二位大恩大德的父母，现在年纪已老知道否？……上是胡大下面是父母，没有比他三位更高的。"父母就如真主般高贵，孝父母就应该像敬真主一样。

《卡切帕鲁训诫》是一部颇具神秘色彩的奇书，尽管它的作者至今还是个谜，但他留给世人深刻清晰的思考。书中使用了很多口语化语言，采用议论的方法来说理，明辨是非，有根有据，态度清晰。不同于格言诗歌，《训诫》每一章几乎都是一个完整的故事，不追求格律，只讲究接受效果。总体来看，《训诫》少有文人的刻意加工，应该更像是一部民间自发创作的汇编集。

第四节　藏戏

藏戏的起源，目前只能依据传说来推定。据传早在 8 世纪时，赤松德赞为了庆祝桑耶寺的建成组织过庆典，莲花生大师亲自导演过佛教酬神醮鬼的跳神仪式。这种仪式被沿袭下来，遇到庆典或节庆，一些地方也会组织类似跳神活动。到了 14 世纪时，噶举派僧人唐东杰布修桥到处化缘，为了能够筹集更多资金，就组织人进行演出，最初他找了当地的 7 个兄妹来充当演员，演出既有明确的角色分工，又有故事情节，因而深受群众欢迎。在以后的跳神活动中，唐东杰布进一步

将佛教神话故事纳入到藏戏
演出中，极大地丰富了演出
内容，也推动了佛教的发展。
但是一些宗教人士认为这种
做法泄露了佛教秘密，于是
在一段时间内，藏戏发展受
到了一定制约。由于唐东杰
布对藏戏发展作出了杰出贡
献，因而被藏族人民视为藏
戏的祖师。17 世纪时，五世
达赖喇嘛将藏戏演出从跳神
仪式中分离出来，成立了专
门的职业剧团，自此藏戏作
为一种独立的艺术形式传承
发展起来。

唐东杰布像（唐卡）

　　藏戏的传统剧目流传至
今的尚有十余部，其中最为著名的有《义成公主》《诺桑王子》《白
玛文巴》《赤美更登》《卓娃桑姆》《苏吉尼玛》《朗萨雯蚌》《顿
月和顿珠》，被称为传统的"八大藏戏"。这些剧目一般都是以文学
底本形式存在，有手抄本，也有木刻本。在流传的过程中，内容与情
节不断有新的变化。总体来看，藏戏剧本的取材一般都是历史事件或
神话传说，其内容主要涉及四个方面：一是宣扬宗教观念，二是反映
社会现实，三是揭露宫廷斗争，四是颂扬民族团结。

　　《文成公主》的主要情节是，赞普松赞干布派噶尔·东赞前往唐
朝宫廷迎娶文成公主，唐朝皇帝先后设置了"三问"与"七赛"来考
验婚使，噶尔·东赞凭借自己的智慧一次次闯过了难关。皇帝最终答
应将文成公主嫁给松赞干布。公主前去吐蕃，不仅带去了释迦牟尼佛像，
还带去了种子与工匠，大大推动了吐蕃社会经济的发展，也为汉藏团

传统藏戏剧目《诺桑王子》

结作出了重要贡献。剧目情节曲折，引人入胜，是藏戏中集思想性与艺术性为一体的经典剧目。

《诺桑王子》反映了人神之爱，歌颂了爱情的忠贞。额登巴王国国力兴旺，引起了邻国日登巴王国国王的嫉妒。巫师告诉日登巴王国国王说，有一条神龙在保佑额登巴王国，于是日登巴王国国王便派巫师前去额登巴王国的湖里捉这条神龙。在关键时刻，一位猎人救了这条神龙，神龙为了答谢恩情，就送给猎人一条绳子，让他拴住前来沐浴的仙女以成婚事。但是仙女更愿意嫁给额登巴王国的诺桑王子，于是猎人就把仙女送给了王子。仙女的到来，引起其他王妃的嫉妒，于是她们便邀请巫师做法派王子出征。王子一走，众王妃就一起迫害仙女，仙女遂飞升天宫。诺桑王子凯旋归来，了解了事情的原委，就前往天庭欲请回仙女。经过一番波折，最后王子与仙女重新团圆。这个故事取材于《如意宝树》，经过文人的加工形成最后的剧情。语言介于大众语言与诗律之间，具有较强的文言色彩，内容上歌颂了纯真的爱情，具有浪漫主义色彩。

《白玛文巴》的剧情大体是这样的：在印度有一个王国，国王叫牟迪王。有一位商人诺桑非常能干，为国王积累了不少财富。但牟迪王嫉妒诺桑的才干，便与大臣联合陷害诺桑，让诺桑去海底为其取宝，结果诺桑等人全都落入海中。牟迪王怕诺桑的遗腹子白玛文巴为其父报仇，又故伎重演，也让其去海底取宝，结果在空行母的帮助下，白玛文巴顺利取回宝贝。牟迪王又派他到罗刹王国去取金锅铜匙，结果白玛文巴不仅取回了金锅铜匙，还将5位岩罗刹女点化为自己的妻子。牟迪王大惊，不仅抢走金锅铜匙，霸占了5位仙女，还烧死了白玛文巴。后来在仙女的救助下，白玛文巴活了过来。他巧设计谋邀请牟迪王同游太空，最后将其送往罗刹王国喂了罗刹。国人请白玛文巴做了国王，天下太平，百姓安乐。这部剧人物刻画得十分成功，将牟迪王的贪婪凶狠，白玛文巴的机智勇敢表现得惟妙惟肖。

藏戏表演

藏戏面具

《赤美更登》具有较强的宗教色彩，宣扬佛教的布施思想。贝岱国王有个儿子叫赤美更登，自小热衷布施，经父王恩准，他可以随意布施。敌国国王知道了这件事以后，便派人化装成乞丐来骗取赤美更登的信任，企图获取贝岱王国的破敌如意宝。赤美更登果然将这件宝物施舍给了敌国"乞丐"。后来父王知晓了此事，将赤美更登流放。在流放的路途中，他又先后将车、马、象及儿女与妃子布施出去，在归途中将自己的眼睛也布施出去。他的这种布施行为最终感动了敌国国王，破敌如意宝又物归原主，敌国心甘情愿做了贝岱王国的属国，赤美更登继承了王位。这个故事是一个典型的宗教说教故事，彰显了慈悲为怀的宗教理念。

据说，《卓娃桑姆》创作于19世纪，有人认为这部剧是由民间流传的《姐弟俩》故事改编而成。门扎岗王国国王非常残暴，他的王后也是一个女魔。一天，国王外出打猎丢了狗，他在找狗的过程中，邂

藏戏《赤美更登》

逅空行母临凡的卓娃桑姆，并强行纳为妃子。后来卓娃桑姆感化了国王，并为国王生了一儿一女。魔后知晓后迁怒于国王，并让国王饮了疯酒，疯掉的国王被魔后打入地牢。魔后还想杀掉王子与公主，于是装病，令屠夫挖出姐弟二人的心脏来为自己治病。屠夫心慈，用两颗狗心骗过了王后。魔后又令两个渔夫将二人扔到海里，渔夫也心慈，将姐弟俩偷偷放了。魔后又派两位猎人去把姐弟二人带至山上将他们摔死，姐姐被好心的猎人救下，而弟弟则被另一位狠心的猎人丢至山下。就在这时，王子被从天上下凡的母亲所救，王子后来成了贝玛巾王国的国王。魔后知晓后带兵来伐，兵败被杀，王子救出父亲，同时也成为了门扎岗王国的国王。这部剧描述了善恶两种力量的斗争，歌颂了底层人民的善良与淳朴。

《苏吉尼玛》的原初剧本出现较早，据说是由贝饶杂那和西乌译师于 8 世纪后半期译为藏文的。剧情大意是：印度有一个王国，大王子先娶了一位悍妇，后又强娶苏吉尼玛。苏吉尼玛感化了王子，使其信仰佛教。大妃嫉妒苏吉尼玛，将她的儿子杀死并嫁祸于她。于是，国王将苏吉尼玛流放，但是押解她的 3 位屠夫被苏吉尼玛的善行所感动，就偷偷放了她。苏吉尼玛又游方各地传教说法。国王知晓了事情的真相以后，将苏吉尼玛请回，重做王后。后来，苏吉尼玛与丈夫都出家修行，最终修成正果。这部藏戏同样颂扬了邪不压正、善良终究会战胜邪恶的思想。

《朗萨雯蚌》的创作年代较早，有人认为朗萨雯蚌是生活在 12 世纪的真实人物，后有人将她的故事改编为藏戏剧本。据说，朗萨雯蚌出生于后藏一个贫苦百姓家庭，她生来美丽、善良。在一次庙会上，

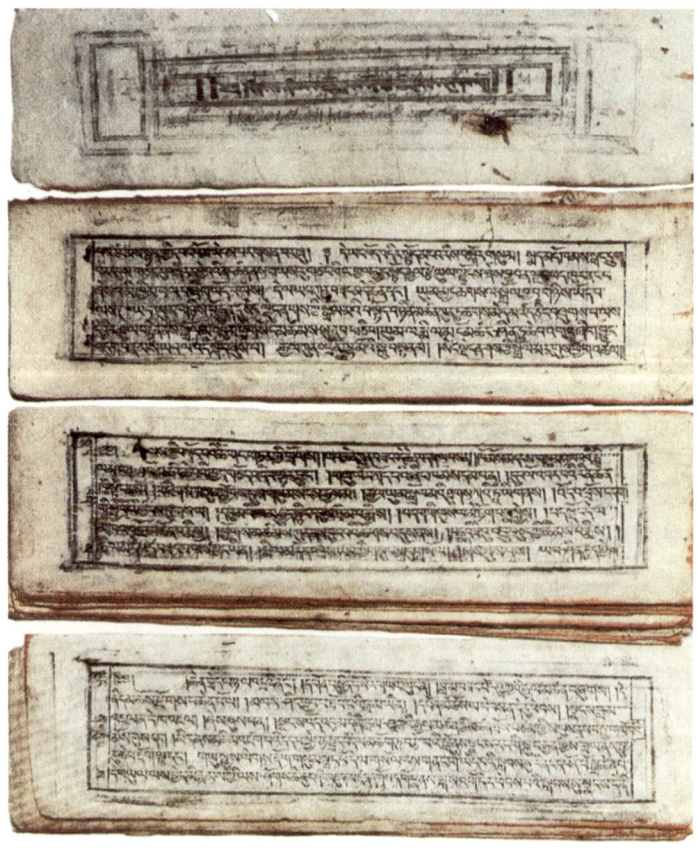

木刻本《朗萨雯蚌》

她不幸被当地的官员扎钦巴看中，强行将其纳为自己的儿媳。起初，她与丈夫相处还好，并生育了一个儿子，家人决定将仓库钥匙交给她，这引起了小姑的嫉妒。于是小姑就挑拨她与公爹和丈夫的关系，她的悲惨命运自此开始。有一次她向一位瑜伽行者布施，被小姑看到，小姑就向公爹与丈夫告状说，朗萨雯蚌与瑜伽行者有私情，她被丈夫打得死去活来。后来她又向一位行脚僧人布施，也被小姑恶意挑拨，被夫家当夜打死。结果 7 天以后，朗萨雯蚌又复活了，夫家虽然忏悔了当初的暴行，但是她伤心欲绝，看透了红尘，在回娘家的途中逃入寺院，拜那位行脚僧人为上师，出家为尼。后来，丈夫与公爹受到感化，也信仰了佛教。这部剧赞扬了底层妇女的温顺、善良，鞭挞了上层统治阶级的凶狠奸诈、刻薄刁钻，从艺术性与思想性来说，均为上乘之作。

《顿月和顿珠》歌颂了难以割舍的手足之情。有人认为这部藏戏的作者是五世班禅大师，他借助这部藏戏来阐述他与达赖喇嘛之间的关系，因此这部藏戏又被称为《班禅秘史》。这部剧的大意是：印度有一个国王，先后娶有两个王妃，大妃生子顿珠，二妃生子顿月。二妃嫉妒大王子受人拥戴，就陷害他。国王听信谗言将大王子流放遥远的北地。二王子顿月生性善良，随哥哥一同前往。结果途中弟弟顿月离开了人世，顿珠忍痛将弟弟埋葬在一棵檀香树下。后来，顿珠被一位喇嘛收留做了弟子，而弟弟也被仙人救活。当地一位国王每年都会选一位龙年出生的男孩子去祭龙王，龙年出生的顿珠遂被选中。国王的女儿爱上了顿珠，便日夜守护他，顿珠却主动跳入海中祭龙王，龙王大受感动，将顿珠又送了回来。后来国王知道了这一切后，便将女儿嫁给了顿珠，并令其管理国政。顿珠又把顿月找回来，一起回到了自己的国家，与父母团聚。这部剧剧情十分感人，体现了亲兄弟之间的患难之情，歌颂了人间的真善美。

除"八大藏戏"外，还有《云乘王子》《岱巴登巴》《绪贝旺秋》《敬巴钦宝》与《日琼巴》等剧目。藏戏剧本各有特色，但所有藏戏剧本都是散韵结合的说唱体，叙述故事情节时用散文体，唱词用的是

整装待发的演员

诗歌形式。表现的主题较为鲜明，一般都与佛教有关系，核心人物也多是国王、王子一类，最后一般都皈依了佛教。当然也有个别剧目歌颂的是小人物，但也不离弘扬佛教的主旨。在藏戏里，上至王侯将相、下至平民百姓，均皈依佛教。可以说，具有高度民间性的藏戏艺术对于佛教思想的弘扬功不可没。藏戏中人物形象的塑造也十分成功，描写细腻，重点突出。藏戏剧本继承了藏族文学作品一贯的浪漫主义传统，并将之运用到故事叙事中来，收到了很好的效果。

一个长期从事学术研究的学者，要为读者撰写一部严谨的普及读物，说起来容易，做起来则难度不小。藏族文学史上下几千年，内容涉及面广，而且已有多部相关作品出版。欲写出风格迥异、内容全面、适合国内外大众口味的著作，实属不易。按照藏族传统文人的学养标准，对于一位名副其实的学者来说，论、辩、著是一种最基本的学术修养。过去的文人墨客往往拥有丰富的声明音韵学知识，对诗词歌赋有着全面的训练和把握，并用心将这种能力应用到自己著书立说的实践中。历史上不同时代的高僧大德为后人所留下的丰富文献著作，均含有很高的文学价值。从广义上说，它们都可归纳到藏族文学的范畴，应成为本书关照的对象。但由于篇幅所致，加之本人学疏才浅，在区区数万字的册子里难以包罗万象，只能蜻蜓点水、走马观花，择其要点概而论之。

自打接受撰写任务伊始，作者在业务工作之余阅读大量相关读物，借鉴前人成果，对藏族文学从历时和共时两个方面进行全面的梳理，力图打破以往文学史写作惯例，采用新的编排思路，从口传到书面对藏族文学作了提纲挈领式的介绍和展示。令作者所欣慰的是，本书篇幅虽小，但从体例到结构、再到叙述方式均概括性地表达了作者一直以来对藏族文学史的总体性思考。

在写作过程中，得到了在中国社会科学院民族文学所做访问学者的山东鲁东大学王景迁博士的无私帮助。他在资料的收集、筛选以及部分初稿的草拟方面都投入了大量的心血。另外，本书插图绝大多数由高莉博士提供，她在完成个人学业之余，将自己手中保存的相关图片毫无保留地奉献出来，为本书的付梓给予了无私帮助，作者在此一并深表谢意！祝愿同道好友们平安健康，扎西德勒！

　　由于本书系普及性读物，为行文方便，没有严格按照学术论著要求对资料的引文出处做详细的说明，部分引文只提原文作者，没有标注具体出处。在此特作说明，并深表歉意！

诺布旺丹

2015 年岁末于北京

图书在版编目（CIP）数据

西藏文学 / 诺布旺丹著 . -- 北京：五洲传播出版社 , 2016.7

ISBN 978-7-5085-3491-6

Ⅰ . ①西… Ⅱ . ①诺… Ⅲ . ①地方文学史—西藏

Ⅳ . ① I209.975

中国版本图书馆 CIP 数据核字 (2016) 第 169514 号

撰 　 稿：诺布旺丹
图片提供：陈宗烈 　 诺布旺丹 　 高 　 莉 　 杨立泉
出 版 人：荆孝敏
责任编辑：张美景
封面设计：刘志坚
装帧设计：杨 　 平

西藏文学

出版发行：五洲传播出版社
地 　 　 址：北京市海淀区北三环中路 31 号生产力大楼 B 座 7 层
邮政编码：100088
电 　 　 话：010-82005927（发行部）
网 　 　 址：http://www.cicc.org.cn
　 　 　 　 　 http://www.thatsbooks.com
印 　 　 刷：中煤（北京）印务有限公司
开 　 　 本：787×1092mm 1/16
字 　 　 数：144 千字
印 　 　 张：8.75
版 　 　 次：2017 年 1 月第 1 版第 1 次印刷
定 　 　 价：48.00 元